JA

グイン・サーガ⑬③

魔聖の迷宮

五代ゆう
天狼プロダクション監修

早川書房
7386

THE MAZE OF MYSTIQUE
by
Yu Godai
under the supervision
of
Tenro Production
2014

カバーイラスト／丹野 忍

目次

本書は書き下ろし作品です。

（ここは――どこ……）

（いったい私――どうしてしまったのかしら――ああ、そう……おお、そうだわ。スーティは……スーティはどうなったのかしら……）

グイン・サーガ一三〇巻『見知らぬ明日』

〔中原周辺図〕

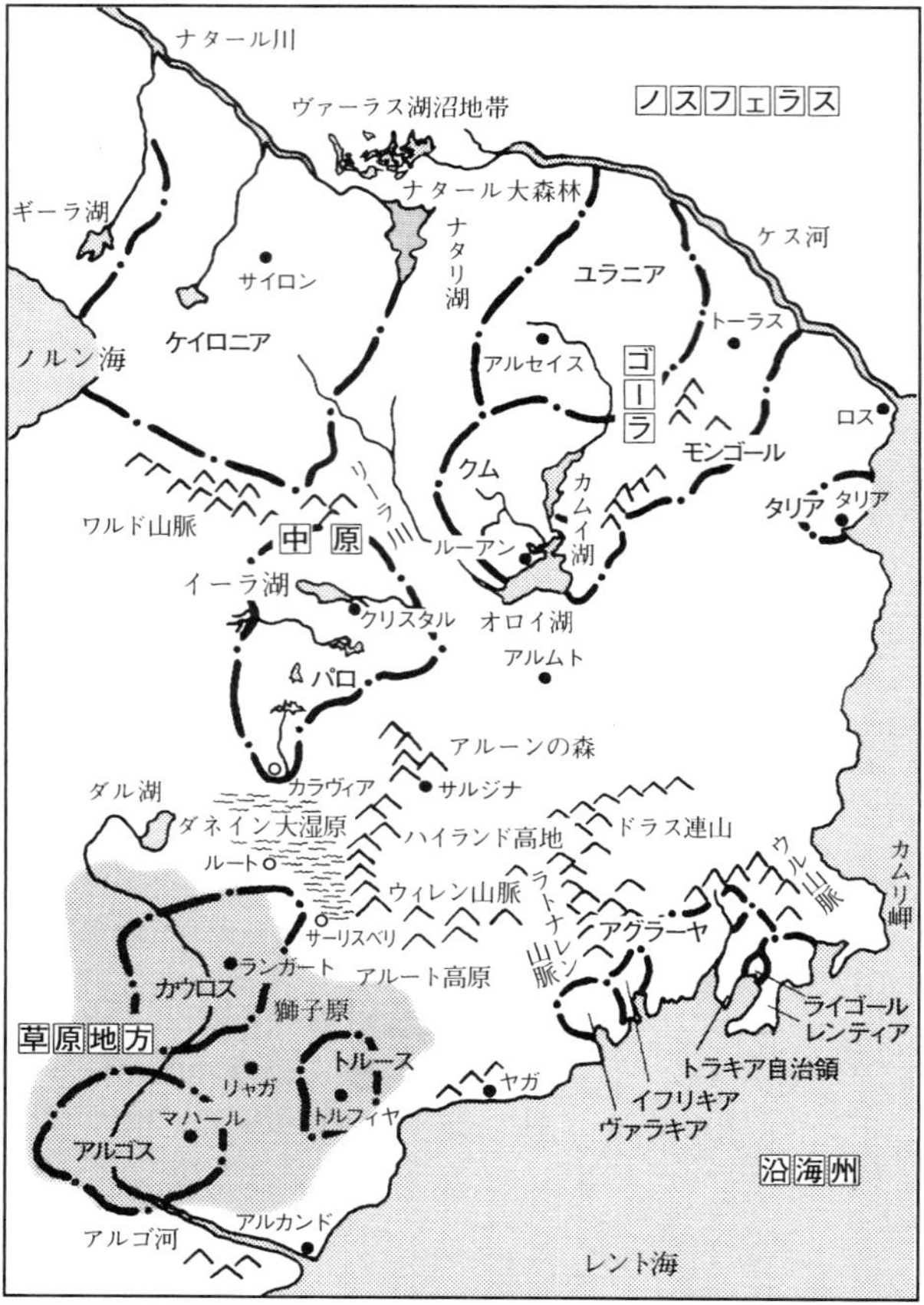
ナタール川
ヴァーラス湖沼地帯
ノスフェラス
ナタール大森林
ギーラ湖
ケス河
ナタリ湖
サイロン
ユラニア
トーラス
ケイロニア
ノルン海
アルセイス
ゴーラ
ロス
モンゴール
クム
リーラ川
カムイ湖
タリア
タリア
ワルド山脈
中原
ルーアン
イーラ湖
オロイ湖
クリスタル
アルムト
パロ
アルーンの森
ダル湖
カラヴィア
サルジナ
ダネイン大湿原
ハイランド高地
ドラス連山
ルート
ウル山脈
カムリ岬
ウィレン山脈
ラトナレン山脈
サーリスベリ
アグラーヤ
ランガート
アルート高原
カウロス
獅子原
ライゴール
レンティア
草原地方
トルース
トラキア自治領
リャガ
ヤガ
トルフィヤ
イフリキア
マハール
ヴァラキア
アルゴス
沿海州
アルカンド
アルゴ河
レント海

〔パロ周辺図〕

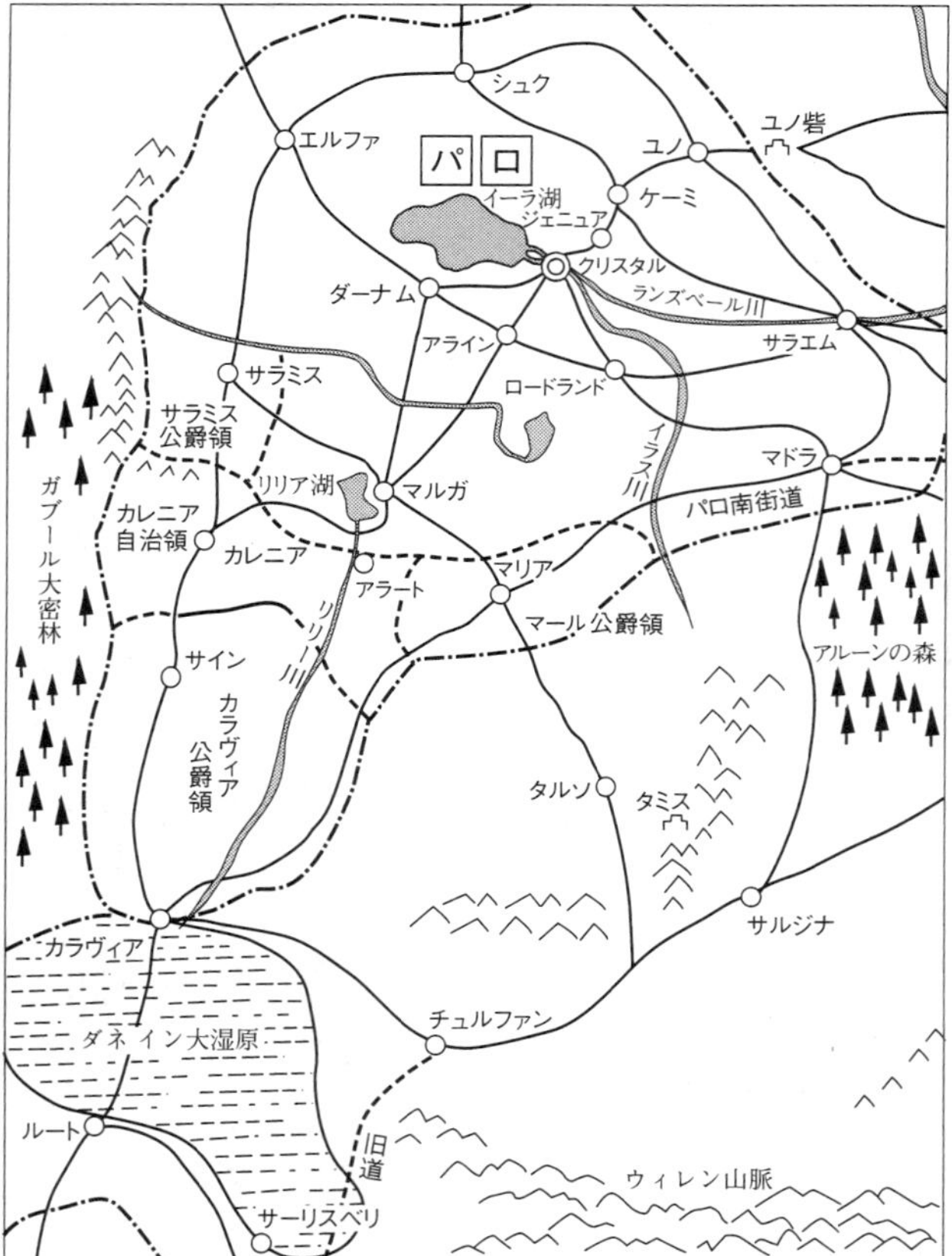
パロ
シュク
エルファ
ユノ砦
ユノ
ケーミ
イーラ湖
ジェニュア
クリスタル
ダーナム
ランズベール川
アライン
サラエム
サラミス
ロードランド
サラミス
公爵領
イラス川
マドラ
リリア湖
マルガ
パロ南街道
カレニア
自治領
カレニア
ガブール大密林
アラート
マリア
リリア川
マール公爵領
サイン
アルーンの森
カラヴィア
公爵領
タルソ
タミス
サルジナ
カラヴィア
チュルファン
ダネイン大湿原
ルート
旧道
ウィレン山脈
サーリスベリ

〔草原地方 - 沿海州〕

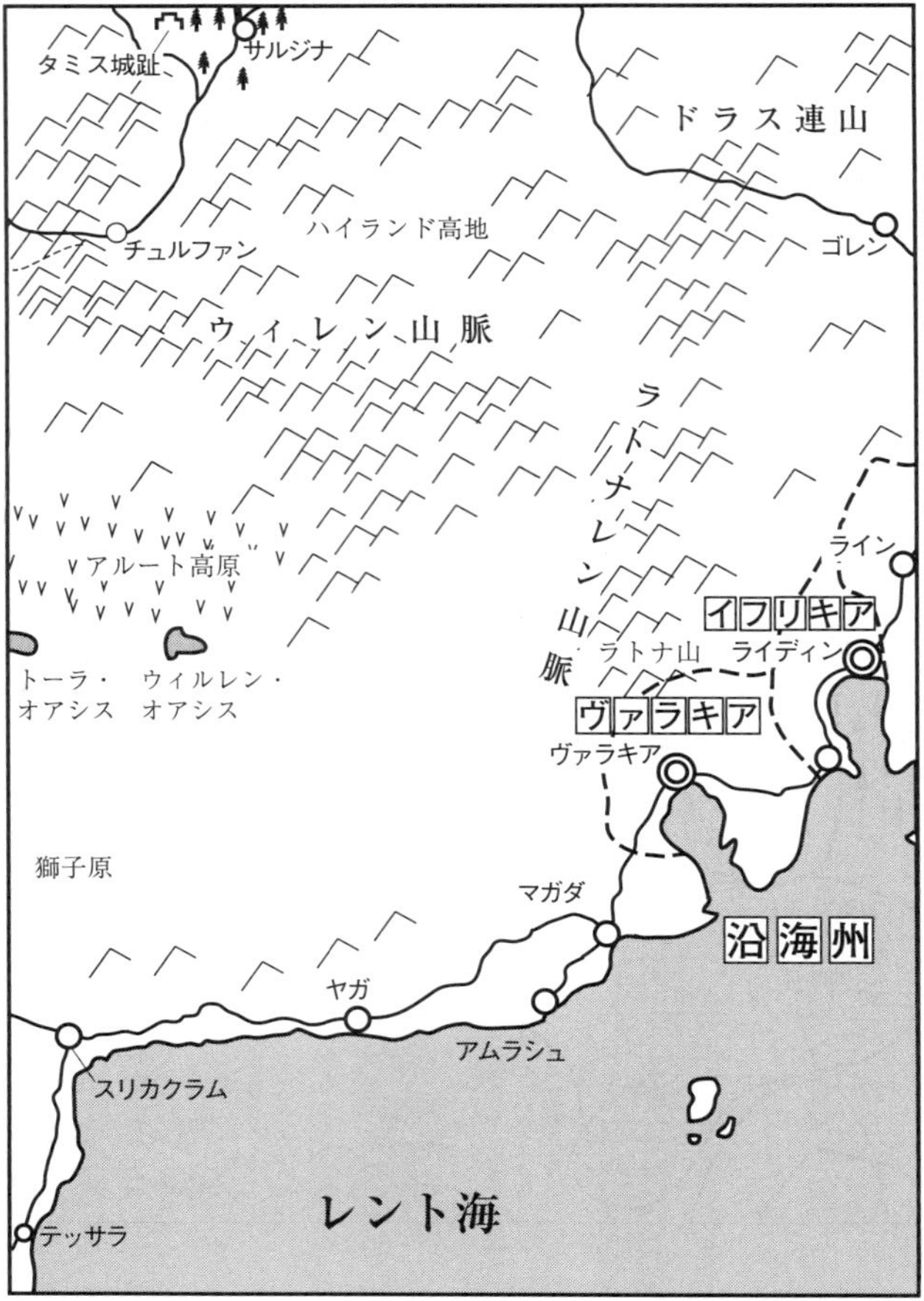
タミス城趾
サルジナ
ドラス連山
ハイランド高地
チュルファン
ゴレン
ウィレン山脈
ラトナレン山脈
ライン
イフリキア
ラトナ山
ライディン
アルート高原
トーラ・
オアシス
ウィルレン・
オアシス
ヴァラキア
ヴァラキア
獅子原
マガダ
沿海州
ヤガ
アムラシュ
スリカクラム
レント海
テッサラ

魔聖の迷宮

登場人物

スカール……………………アルゴスの黒太子
ブラン………………………ドライドン騎士団副団長
フロリー……………………アムネリスの元侍女
スーティ……………………フロリーの息子
ヨナ…………………………パロ王立学問所の主任教授
イェライシャ………………白魔道師。〈ドールに追われる男〉
カメロン……………………ゴーラの宰相
ドリアン……………………ゴーラの王太子
アイシア……………………ドリアンの乳母
リギア………………………聖騎士伯
マリウス……………………吟遊詩人
ブロン………………………ケイロニア軍パロ駐留隊長
ジャミーラ
ベイラー　}………………〈ミロクの使徒〉
イラーグ

第一話　〈新しきミロク〉

1

手の下の毛布はごわごわと堅く、イラクサのように手のひらを刺した。湿った空気は冷たくかび臭い。糊で貼りついたような瞼《まぶた》をむりやり開けると、針のように入ってきた光のまばゆさに思わず目を閉じた。ややあって目を開けると、しかしそれは、壁につきさされた松明《たいまつ》の心細くゆらめく炎のものでしかないことが見てとれた。

フロリーは身じろぎし、思わず呻《うめ》いた。右の足首が巨大な万力にはさまれたような気がする。そろそろと毛布から引き出してみると、青紫色の、枯れ枝でできた指でつかまれたようなアザがくるぶしにはっきりと残っていた。寒気にフロリーは身震いし、痛む足をかばいながら、ゆっくりと上体を起こす。

まばたくうちに、少しずつ目が慣れてきた。松明の弱い明かりが照らし出すのは、四方を泥と漆喰で塗り固められた、窓もない一室だった。意識を取り戻す前から耳についていた水音は、壁際におかれた桶に滴る、壁から染み出る水が水面をたたく音だった。

薄汚れた漆喰の壁を見回し、滴る水が汚らしい水垢のあとをいくつも壁に引いているのを見て、ぞっとした。もしあの水桶が飲み水のために置かれているというなら、死んでもあんな水は口にしたくない。

天井は高く、闇に隠されて見えない。床は踏み固められた泥で、湿気と冷気をしんしんと放っている。逃れるには狭くて堅い寝台の上に身をよせるしかなかったが、その寝具もじっとりと湿っており、ただでさえ冷え切った身体をさらに冷やすものでしかなかった。

じっとしているとますます寒くなるばかりだった。かきよせた毛布をもっときつく身体に巻きつけて、ぎゅっと膝を胸に引き寄せた。できるだけ慎重にしたにもかかわらず、こわばった身体じゅうの関節と筋、そして右足首がいっせいに悲鳴をあげ、唇をかんで悲鳴をこらえる。

しっかりしなければいけないわ、と強いて自分に言い聞かせた。

ここに運ばれてくる前の悪夢のような出来事がばらばらに脳裏をよぎる。土塊《つちくれ》と苔の塊をぼろぼろと落としながら節くれ立った腕を伸ばしてきた怪物。むせかえるような腐った沼と腐葉土の臭気。鞭のように延びてきた緑色をしたべとべとの舌。迫る怪物の前から、夢中になってつかんで引いた息子のやわらかな腕の感触。

「かあさま！」「フロリー！」叫び交わす人々の声、幾重にも重なる叫喚、その上に重なる化鳥《けちょう》のような怪物自身の哄笑《こうしょう》。

耳に突き刺さるようでありながら、ふしぎな苦しみと、救いさえ求めているように響いたその狂笑の下で、黄色く光る目と泥と堆肥の山に裂けた口へ引きずられていったのだ。

（バーバ……ヤガ……バー……バーバ……ヤーガ……）

遠ざかっていく意識の中で、そんな声も聞いた気がする。

あの怪物はどこへいったのだろう。

スカール様とブラン様はご無事だろうか。

「スーティ」

愛し子の名を口にすると、冷えた胸にかすかなぬくもりが宿った。あの子は無事だろうか。草原の鷹と名高いスカールさまと、カメロン様の股肱《ここう》ブランさま、あの至誠にして剛勇のお二人ならば、きっと怪物を退け、いとけないスーティを守ってくださるはず。

そう信じようとしたが、自分を誘拐した——と思われる——怪物の異様な姿を思い返すと、フロリーの小さな心臓は恐怖に縮みあがった。

スーティを抱えていてこそ、その心は誰よりも強かったが、守るべき子が奪われ、自分の居場所もわからない今、フロリーの心はまたアムネリスに仕えていたころの、心優しい普通の娘のものにかえっていた。息子を守るためにこそ必死に抗《あらが》いはしたが、以前のフロリーならば、あのような異常な怪物の姿を見た瞬間、悲鳴をあげて気絶していたことだろう。

スカールとブランのことも気にかかったが、やはり心に痛いのは、命にもまさる大切な息子の不在だった。今すぐにでもあの子の安否を確かめたい。腕に抱きしめて、その心地よいぬくみと重みを感じたい。「かあさま」と回らぬ舌で呼ぶ、あどけない声を聞きたい。

ああ、スーティ。

せめて無事かどうかさえわかれば。

こみ上げてきた涙を手でおさえ、湿った毛布の上に突っ伏したその時、かすかにカチリと金属のまわる音がした。

フロリーは狩人の足音をきいた兎のようにとびあがり、寝台の上で縮みあがった。

さだかならぬ暗闇のむこうでぼんやりと四角い口が開き、閉まった。子供ほどの背丈しかない、しかし、子供にしては異様に横幅のひろい人影が、左右に揺れながらゆっくりとこちらへ近づいてくる。

フロリーはさらに後ずさりし、背中に冷たい壁の感触を感じてぎくりとした。狭い寝台の上では、下がるといってもせいぜい手半分ほどの余裕しかない。せめてものことに両膝をもっときつく身体に引きつけ、両肩を抱いて、これ以上ないほど小さくなって毛布の内側に顔を伏せた。足首がまたずきりと痛んだが、もうそんなことは気にしていられない。

「これ、そう怖がるでない。娘」

しわがれた声がからかうように言った。

「そなたに危害を加える気はない。今のところは、だがな。そなた自身は目的ではなかったが、貴重な餌なのだ。そなたを手中にしていれば、本来釣り上げたかった魚が必ずむこうからやってくる。魚が針にかかるまで、少なくとも傷つけはせぬ、いや、自ら傷つこうとしてもできぬから、そう思っておるがよいぞ」

フロリーは毛布の内側からおそるおそる目をあげ、そこに見たものに、また小さく悲鳴をあげてあわてて視線をそらした。

立っていたのは、せいぜい子供ほどの背丈しかない矮軀《わいく》の、恐ろしく醜い顔をした怪人だった。

蟾蜍《ひきがえる》を踏みつぶしたような醜悪な顔に、濁った小さな目が意地悪そうに光り、唇は薄くて、横に平たい顔の端から端まで届くほど大きい。ないも同然の鼻は、顔中を埋めつくす疱瘡《とうそう》と疣《いぼ》の一部にしか見えない。

背中は折り畳まれたように曲がって、堅い瘤《こぶ》が、荷物をしょったように大きく盛り上がっている。だらりと垂れた手は異様にごつくて長く、フロリーが噂にしか聞いたことのない南部の熱帯林に住む凶暴な大猿のそれのように、床の上で恐ろしげな拳を作っていた。

「どなた……ですか」

震える声を、ようやくフロリーは絞り出した。

「わたしをここへ入れたのは、あなたなのですか。あの、苔と泥の塊のような怪物は、あなたが放ったのですか」

「ホウ！　小鳥がようやく鳴いたな」

矮軀の怪人はわざとらしく驚いてみせ、切り込みのような唇をチュッチュッと鳴らした。

「ババヤガめ、加減を忘れて、大事な餌を壊してしもうたかと心配したぞ。しかしどうやら正気なようだ。重畳《ちょうじょう》、重畳。傷ついておろうが狂うておろうが、草原の鷹は幼子の母を見捨てて去るような男ではなかろうが、それでも、精神も五体も無事であってくれたほうが気分がよい。優しきミロクも、ご自身の信徒が苦しむのはお喜びになるまいよ。われとて大切なミロクの姉妹が理不尽に傷つくのはしのびないでな」

「あなたもミロク教徒なのですか」

フロリーは愕然とした。

眼前の醜い男がミロク教徒を名乗るのに驚いたわけではない。もともと、フロリーの信じる旧来のミロク教は、何らかの理由で身体に障害を抱えた者、病に冒されて共同体からはじき出された者にとって、何にも代えがたい受け入れ場所として機能していた。生来ゆがんだ身体を抱えた者や、病に冒され崩れた身体を持つ者など、フロリーは何度も目にしているし、ミロクを信じる兄弟姉妹として、常に優しく大切に接してきた。

だが、この矮軀の男には、ただ外見が醜いというだけでない、異様な臭気、瘴気というべき汚れた雰囲気がまつわりついていた。毒蛇や毒蜘蛛、蟾蜍や百足《むかで》、そういったおぞましい生き物の毒気を濃縮したような、見るだけで肌を粟立たせるような、まつわりつく邪悪の空気が漂っているのだ。こんな、他人のことなど塵以下にしか思っていなさそうな男が、堂々とミロク教徒を名乗るなどと――

（〈新しきミロク〉）

フロリーははっとした。これまで、スカールやブランから聞かされるばかりで、自分ではあまり強く肌に感じてこなかったミロク教の変質が、たった今、目の前に形をとって立っているのだと、直感的に感じたのだ。

これまでも、噂に聞いた聖地ヤガが自分の思っていたような場所でなく、また、執拗に勧誘にやってくる『兄弟姉妹』たちには違和感を感じていたものの、市中ではできるだけ目立たぬようにしていたこともあって、スカールにつれられての逃亡の道中以外に、直接ミロク教の変貌を強く感じたことはなかった。

だが、この目の前でにやついている醜怪な男がミロク教徒であり、しかも、争いや悪事にけっして手を染めないはずのミロクの信徒があの怪物——ババヤガ？——を操り、自分と息子を襲ったのだとしたら。

全身が震え出すのを感じた。恐怖ではなく、怒りと反発心のなせるものだった。顔を隠していた毛布をすべり落として、フロリーは正面切って男をきっと睨みつけた。

「あなたは〈新しきミロク〉の人間なのですね」

「もちろんだとも、姉妹よ」

おどけた顔で、怪人はごつい両手を振ってみせた。

「いや、わざわざ『新しき』などという名前はつけるまい。われらはみな同じくミロク様の兄弟姉妹」

「お黙りなさい」

歯がかちかちと鳴った。恐怖からか怒りからか、フロリーにはどちらとも判断できなかった。

「ミロク教徒は人と争いなどいたしません。ましてや、怪物を差し向け、幼い子をさらおうとするなど、もってのほかです。わたしの子供はどこにいるのですか？　スーティは？　もし、あの子を傷つけたなら——」

そこまで言って、フロリーは唇を噛んだ。その先を続ければ、敬虔なミロク教徒にあるべからざる暴言を吐いてしまいそうだったからだ。力の入った手がごわごわの毛布をぎゅっと握りしめる。

「案ずるな、案ずるな」

ひきつけるような声をあげて怪人が笑った。

「そなたは餌だと先ほども言うておろうが。息子は無事よ、そう言うてよければな。草原の鷹ともう一人の騎士が、連れてどこかへ往《い》んだわ。しかし追わずとも、いずれ戻ってくる。そなたがこちらにおるかぎりな」

ああ、とフロリーは小さく呻き、両手をつよく握りしめた。スーティの無事を知った安堵と、息子を連れて逃げたというスカールとブランへの心配がどっと胸にこみ上げてくる。

どうぞそのままお逃げくださいまし、とフロリーは胸の中で祈りを捧げた。わたしのことなど放っておいて、どうぞ可愛いスーティ坊やを、この恐ろしい敵の手の届かぬところまで逃げ延びさせてあげてくださいまし。

しかし、その祈りが叶えられないこともまたわかっていた。怪人の言うとおり、スカールもブランも、敵の手に落ちた女を見捨てて逃げるような男ではない。それに、スーティ。父の血を継いだのか、年以上にしっかりとして意志の強いあの子は、たとえ大人たちが連れて逃げる判断をしても、一人でも母を救い出しに行くのだと言ってきかないだろう。

（坊や、坊や、スーティ、わたしの愛しいスーティ）

必死に心に繰り返す。

（母さまはいいの、坊やさえ元気に無事でいてくれれば母さまはどうなってもいい、だからお願い、太子さまとブランさまといっしょに、遠い、遠いところまで逃げて、そして戻ってこないで、この変わってしまった〈新しきミロク〉の手に落ちないように……）

（ああ、ミロク様、わたしの信じる本当のミロク様、どうぞ坊やと、太子様がたをお守りくださいまし！）

「無駄だ、無駄だ」

フロリーの声なき祈りを聞き取ったか、怪人がまたひきつけるような笑い声をたてた。

「どこまで逃げようと、われら〈ミロクの使徒〉が逃しはせん。うつけのババヤガは獲物をたがえたが、このイラーグは逃がさぬ、次こそはな。そうとも、あの自分の鼻先さえ見えぬベイラーや、ランダーギアの淫乱女に、この偉大なるイラーグが負けてたまるものか。ゴーラ王の落とし胤《だね》は必ず、このわれの手につかんでミロク様にお捧げするのだ」

「いいえ！」

反射的にフロリーは叫んでいた。

「違います、あの子は、そんな高貴のお方の子ではありません！　わたしの子です、わたしが、夫を失ったあと一人で育てたわたしの」

「今さら嘘はつかぬがよいぞ、女」

ひっひっと怪人はひきつるように笑った。

「汝の頭の中くらい、ここにつれてくる間に完璧に調べさせてもらったとも。すべて知っておるよ、元アムネリス妃の気に入りで、ひょんなことでイシュトヴァーン王のお手つきになった娘、フロリーよ。たった一夜の逢瀬《おうせ》があの運命の子をはらましめたとは、そしてその母がミロク教徒であるとは、やはりミロクのお導きはすばらしいものよ。すべてはわれわれの思うように動いてくれよるわ」

また、ひっひっ、という、脳天に突き刺さるような甲高い笑い。

フロリーは目先が暗くなるのを感じた。

それでは彼らは、スーティの素性までも知っているのか。ゴーラ王イシュトヴァーンとの一夜のあやまち、その結果宿された、小さな命。

権力も富も関係ない、ただ平穏に、安らかな生をあの子とともに送りたい、そう望んでいるだけなのに、運命のヤーンの糸は、どこまでもあの子をからめ取ろうと追ってくるのか。

「いいえ。させない」

震える声を無理に張って、フロリーはきっぱりと宣言した。

「わたしのスーティをあなたがたの意のままにはさせません。あの子はわたしが、命をかけても守ります。母として、あの子を〈新しきミロク〉の傀儡《かいらい》になど、けっしてさせはしない」

「ホ、ホウ！　言うわ、言うわ、小鳥めが」

怪人は岩の塊のような手をうって、その場で踊るように足踏みしてみせた。

「だが、そなたになにができるかな、小鳥よ？　牙もなく爪もなく、飛ぶ翼さえも持たぬそなたに？　否！　できるのはわれの大事な餌として、おのが息子の帰りを待つのみよ。首尾よく釣り上げた暁には、また息子を抱かせてもやろうから、楽しみにしておるがよい。なに、〈新しきミロク〉の教えにも、すぐに馴染むことであろう。頭のよい子ならなおさらな」

「わたしの信じるのは、本当のミロク様の教えのみです」

「本当？　そんなもの、どこにあるのかね？　本当の教えこそ、そなたが言う〈新しきミロク〉だと言うておろうに」

汚れから身を守るようにしっかりと毛布の胸元をおさえたフロリーに、怪人は黄色く濁った小さな目を瞬いてみせた。

「まあよい。そなたはここにこうしておれ。女でもあるし、もう少し居心地のよい場所を用意しておきたかったがの、ババヤガめ、加減というものを知らぬから。別の客人をベイラーめが連れてきおったによって、よい方の部屋はそちらに取られてしまったのだ。まあ仕方があるまい。あちらの客は正直、餌にすぎぬそなたより何十倍も価値があるでな」

「待ってください」

どこか含みを持たせた怪人の口調に、フロリーは不吉なものを感じて思わず身を乗り出した。

「そのお客人とは、まさか、ひょっとして――」

「さあ？」

幅広い両肩にめりこんでほとんど見えない首を、怪人はちょっとすくめた。

「それはそなたが気にすることでもあるまい。それよりベイラーめがあの客人を押さえたによって、いささか株を上げおったのがいまいましいわ。ジャミーラの手柄を横取りするとはいかにもあの男らしいがの」

「まさか」フロリーの唇が震えた。

「まさか、まさか、あの方、あの方まで――」

だが、その時にはすでに怪人の姿はなかった。

『まあ、安穏としておれ』

松明の揺れる虚空から、声だけが降ってきた。

『干し殺すような真似はせぬから心配はせずともよい、当面のところはな。他人のことより、己のことを気にかけておれ。かの鷹が子供をのせて早いところもどってこぬようであれば、そなたをいささか手荒く扱う必要も出てくるかもしれぬゆえ』

四度、ひきつれるような笑い声がこだましたかと思うと、怪人の気配は途絶え、あとは、松明の影がゆれる薄闇が残るばかりであった。

「まさか……」

指がしびれるほど強く自分の腕を握りしめて、フロリーは呟いた。

「まさか――ヨナさま……？」

また一つ、幽かな音をたてて水滴が桶をたたいた。

2

カメロンは窓辺にもたれ、前髪をなでるそよ風をぼんやりと意識しながら、遠く、木立と城壁のむこうに見える、イシュタールの石造りの無骨な街並みを見渡していた。

だが、彼の目がほんとうに見ているのはその風景ではなかった。彼が見ているのは、かつて二度と戻るまいと覚悟を決めたふるさと、沿海州ヴァラキアの、なつかしい港町の風景だった。

美しいラトナ山のなだらかな斜面にひろがる白亜の上ヴァラキア、ごたごたと込み合ってこそ泥や娼婦が行き来する下ヴァラキア。港には生きのいい船乗りたちの挨拶代わりの悪罵とサイコロの音と娼婦のあげる嬌声が響き、水揚げされた魚が銀鱗をひらめかせて手押し車に流し込まれる。

記憶の中で、薄れかけた細部に、修復の手を一筆一筆加えていくように、さまざまなものを配置していく。小道をこそこそと朝帰りする、娼館がえりの貴族たちの太鼓腹。にぎやかな〈ウミネコ通り〉、そんな人々に最後の売れ残りを押しつけてしまおうという、揚げ物やガティの団子売りの高い呼び声。あくびをしながら宿から出てくるならず者たちと、懐をからにされて肩を落としたばくち打ちの、丸めた背中。

　そして、朝の入り江に白い水脈をひいて滑りこんでくる小型の一本マスト船。漁師たちが使う穴だらけの帆と櫂をばらばらに突き出した網船、遠い航海から帰ってきたばかりらしい、帆をいっぱいに張った白鳥めいた巨大な帆船。南海のガレー船の奴隷たちの、黒檀のように黒光りする背中の列。斜面の上のテラスに出て、歓呼の手を振って出迎える人々。空をゆく海鳥、こだまするまた声、声、声。

　王であるイシュトヴァーンがいない今、宰相たる彼にとって、そのような追憶にひたっている間はないはずだった。ことに、先ほど舞い込んできた鳥がもたらしたような、衝撃的な事態が進行しているとあっては。今は、一秒たりとも早く何か打つ手を考え、遠くパロで愚行を――そうとしか表現し得ない行為を――行おうとしているイシュトヴァーン王を、制止する手だてを考えねばならぬはずだった。

　しかしカメロンは黙って立ち続け、記憶の中のヴァラキアを追い続けた。かつて自分が生まれ育ち、一人前の男となり、船乗りとして、貿易船かつ私掠《しりゃく》船たるヴァラキアの双翼の一、オルニウス号の船長、ヴァラキア提督として、冒険と交易に日々を過ごしていたあのころを。

　もう、潮の香りをかがない日々がどれだけ長く続いたことか。これが初めてではないが、今日のカメロンにとって、あの塩辛く湿ったきつい海風が、これまでになく慕わしく感じられるのはほんとうだった。後ろの暖炉の炭火の上では、玉葱《たまねぎ》の皮のように薄い密書用の紙が、それよりさらに薄くもろい灰と化して、燃え殻の中で粉々になっていくところだった。

（止めなければなるまいな）

苦々しく、カメロンは思った。やはり、イシュトヴァーンがパロへ行くのを黙認してしまったのは間違いだった。あやうく追いつけたあの時に、襟首をつかんでイシュタールへ引き戻しておくべきだったのだ。

鳥に託してマルコが書き送ってきた内容は、まことにイシュトヴァーンらしいといえばらしい、しかし、一国の王のものとしてはとうてい容認できない行動だった。こともあろうに、大国パロの王城に侵入し、女王を拉致しようなどと。

いかに弱体化しているとはいえ、古きパロはいまだ中原の三大勢力の一つであり、古代帝国カナンの血脈を引くともささやかれるその魔道の力は、率直に白状すれば、カメロンにとっても得体が知れない。

海で遭遇する大嵐や何日も続く凪、船の墓場に海難者の亡霊などのあやしい出来事は、海の男にとっては当たり前というべき範囲内だ。一度だけ邂逅《かいこう》することになった北の大海魔クラーケンでさえ、名前は伝説として耳にしていたし、その異様な能力を眼前にしても、切りつける実体と武器がそこにあるかぎり、カメロンの勇気はけっしてくじけなかった。

しかし魔道となると話は別である。先頃の内戦や、魔の者に王城をのっとられた一件によってかなり魔道師が減っているとの情報は入っていたが、船乗りとして根が実際的なカメロンにとって、やはり、魔道と魔道師という名前は、薄気味悪いものに思えてならないのだった。

魔道の存在をおくとしても、何度か顔を合わせたあのヴァレリウスという宰相は、油断のならない男だ。貧相な体つきやしょぼくれた顔にだまされないだけの見る目は、カメロンとて持っている。

それに、パロの後ろには、ケイロニアがいる。いや、正確には、あの豹頭王グインがいる。

ケイロニアの悪疫とその後の大災害は、むろん、カメロンの耳にも入っている。しかし、だからといって同盟国であり、かつて命を救い、また救われた相手のいる国を、見捨てるようなグインではない。サイロンのわざわいも、彼の活躍によってすでに鎮圧されたときく。友であり恩ある国に非道が行われたとなれば、剣をとって立ち上がらぬわけがない。

（俺個人としても、グインと敵同士になるというのは避けたいしな）

カメロンはふかいため息をついた。記憶の底から泡のように、輝く面影が浮き上がってきた。生意気らしく唇をとがらせ、ナイフとサイコロを手にもてあそびながら、からかうような、誘うような流し目をこちらに向けている、ほっそりとした、浅黒い少年の姿だった。

（イシュトヴァーン——）

十六歳だった、彼は。男色家のオリー・トレヴァーンから逃れてカメロンの船オルニウス号に転げ込み、そのまま、ヴァラキアを出奔して、二度ともどることがなかった。船の上での冒険の日々、肩をならべて幽霊船を追い、死者を操る異次元の海魔と相対したいくつもの夜のときめきが、沈滞したカメロンの胸を一瞬熱くした。

あのころ、自分は若く、イシュトヴァーンはもっと若かった。ほんの子供だったイシュトヴァーンが、再興されたモンゴールの左府将軍となったと聞いたとき、ヴァラキアでのすべてを捨ててカメロンにモンゴールへの道をとらせたのは、あの日の輝きとまばゆい思い出、そして、帰らぬイシュトヴァーンへ向け続けた、強烈な愛情と思慕にほかならない。

それを稚児趣味《ルブリウス》とあざける者も多い。だが、むしろ、カメロンにとっては、明るく燃えさかる灯火に引き寄せられる蛾のように、どうしても引き寄せられてならない、イシュトヴァーンとはそういう存在なのだった。

あの明るい光のそばにいたい、いつまでもあの光が陰ることのないよう見守っていたい、そのためなら当の炎の中に身を投げることもいとわない、そのような、自分でもうまく説明できない複雑な感情がカメロンを突き動かしていた。

「自分はいつか王になる」と言い続けるイシュトヴァーンの言葉を、若者らしい無謀な夢だと思いつつも笑って聞いていた。だが、命に代えても愛するオルニウス号の後嗣《あとつぎ》にとまで考えていた少年が、本当に夢への一歩を踏み出していると知った瞬間、カメロンは矢もたてもたまらず、故郷たる海と提督の地位を捨てて、彼のもとに駆けつけたのだ。

しかし、あの日は遠く、イシュトヴァーンはどこか変わってしまった。

いや、変わらなすぎた、と言うべきか。どちらが正しいのか、カメロンには見当がつかなかった。

炎はどこか暗く沈み、明るく、まっすぐに輝いていた瞳は昏いものを秘め、表情に険が目立つようになった。だが、カメロンはまだ心のどこかで、信じたがっている自分を感じていた。イシュトヴァーンの心は、いまだに無条件の愛と、仲間との陽気な宴と、めまぐるしく血の騒ぐ冒険を求める、奔放なあの日の少年のままなのだ、と。

そうだ、彼はいまだにあの日のままで、変わってしまったのは、むしろ、カメロンの方かもしれない。冒険好きで気まぐれで、やるとなったら一直線、どんな危険も無謀も省みずに飛び込んでいくイシュトヴァーンの本質は、十六歳だったあの日と、まったく変わってはいない。

だが、もう、それでは通用しないんだよ、イシュト、とカメロンは、脳裏のヴァラキアの不良少年に声なく語りかけた。

今のおまえはゴーラの王なんだ。おまえの言動、行動ひとつで、大きな災いを招き寄せることになる。かつての俺たちの冒険は、自分と、それから船の仲間たちの命さえ守ればすんだ。だが、今はもう、それだけではすまないんだ。

夢を叶えることによって、その夢に縛られることになったイシュトヴァーンは、不幸だ。

カメロンはいつか、そう考えるようになっていた。彼を王位につけるのに大きな働きをした軍師アリストートスは死んだが、彼の妄念はいまだにイシュトヴァーンの周囲にまつわりついて、執念深く彼を我がものにせんと狙っているように思えてならない。

（アムネリス公女は確かにおまえには不向きな女だった、だが——）

カメロンが前モンゴールに到着したその日、イシュトヴァーンは妙にそわそわした様子のイシュトヴァーンに首をひねったものだった。それがフロリーとの出奔《しゅっぽん》を控えていたためだと知ったのは後のことだ。

いま考えてみれば、あの日、あと一日自分の到着が遅れていれば、イシュトヴァーンの運命も、あの哀れな公女の運命も、変わっていたかもしれない。臙脂色《えんじいろ》で塗り込められた幽閉塔の中、生まれたばかりの赤子を横たえて、朱に染まったアムネリスの亡骸《なきがら》の記憶は、カメロンの胸に深い傷となって食い込んでいる。彼女とイシュトヴァーンを結婚するように仕向けたのはカメロン自身であることが、さらにその傷を痛ませる。

（けっして、悪い娘ではなかった。ただ、愛されたいと願って、それがもっとも手ひどい形で、何度も裏切られ続けた結果なのだ）

カメロンはようやく窓辺から身をはなし、胴着の肩にまつわりついた木の葉を払って、誰かいないか、と声をかけかけ、途中でとめた。

（いや、これは、とうてい使いを出して済むような話ではないな）

仮にも一国の王による、パロ女王の誘拐計画など、人に漏れれば大変なことになる。それにおそらく、カメロン自身が出向いて話をしなければ、イシュトヴァーンは納得せぬだろう。もともと、少しでもイシュトヴァーンに道理をのみこませることができるのは、今は世にないアルド・ナリスをのぞけば、カメロン一人なのだ。

彼あればこそ、イシュトヴァーンのような破天荒な王をいただいた新興国ゴーラが、仮にも国の形を保っていられるのだといえる。宮廷、政府などとは名ばかり、首都たるイシュタールもいまだに完全にできあがっているとは言えず、傭兵を含め兵士は山といても、すぐれた文官の極端に少ないゴーラである。政に関するさまざまな煩雑な仕事はすべて、宰相であるカメロンが決済せねばどうともならぬ状況にある。

だからこそ、カメロンはイシュタールを離れることはできない、と言わざるを得ないのだが、パロで今起こりつつある事態を、座視することもできない。目立ってはならぬ。旧モンゴール勢力は、ゴーラ王国の要が宰相カメロンにあることをよく知っている。クムのタリク大公もまた、リンダ女王との結婚を画策しているそうだ。ここで波風を立てれば、タリクを中心に反イシュトヴァーン勢力が集結するかもしれない。

急がねばならぬ。急行隊はカメロン本人と、つれてゆくにせよ随行は最小限にして、とにかくイシュトヴァーンを——もし必要ならば、薬を盛ってでも、殴り倒してでも——一刻も早く、パロから引っ張りださねば。

ブランは今頃どうしているだろう、と痛切に思った。ヴァラキア時代からの右腕である彼がここにいれば、安心して自分のいない間のことを託せるのに。だが彼は今、カメロン自身の命を受けて、失踪したフロリーとその息子を追って、ヤガに潜入中である。いまだ発見したとの報はきかないが、あの男なら、必ずやってのけているに違いない。もしかしたらもうすでに、親子を見つけて、ゴーラに戻ってくるよう、説得の最中かもしれない。

（だって、なにしろ、イシュトヴァーン陛下が三歳に戻って、しかももっと明るく元気になってあらわれたみたいなんですから……）

クムへの探索の旅から戻ってきたブランは、そう言っていた。

(顔がまた、おかしいくらい、陛下にうりふたつときてるんだ。あの顔がついていたら、何もこの子はイシュトヴァーンの子供である。なんていう証明書なんか、つけてやる必要はなかったでしょうね)

会いたい、と痛切に思った。その、スーティ、小イシュトヴァーンと名付けられたイシュトの息子に、会ってみたい。

カメロンには長い間、胸に抱えている後悔がある。チチアの柄の悪い博打場でイシュトヴァーンに出会って衝撃を受けたのは彼が十一歳の時だった。当時のカメロンはオルニウス号船長として、ほとんどの時間を海上で過ごしていた。イシュトヴァーンにはなにくれとなく世話を焼いて、オルニウス号の跡継ぎにならないかとまで申し出ていたのに、イシュトヴァーン自身とともに過ごす時間は、ほとんどもつことができなかった。

ためにイシュトヴァーンはほとんどの時間を、娼婦とごろつきとばくちうちと詐欺師どもの中で過ごし、チチアの王子、悪魔っ子と呼ばれるまでの立派な不良少年にして不敵な笑みの小英雄となったのだが、もしや彼にはもっと、別の道もあったのではないか。

(もし、俺がもっときちんとイシュトヴァーンに本当の父親のように接してやり、愛情と保護と教育を授けてやれば……)

イシュトヴァーンは、今のようにはならなかったかもしれないのではないか。

『俺は、自分が父親になるなんて信じられねえんだ』と呻いたイシュトヴァーンの苦しげな顔を思う。もし自分が、父親代わりとして毎日ともにあり、真心と愛情を込めてイシュトヴァーンに日々接していたなら、そのスーティという子供のように、イシュトヴァーンもまたまっすぐ、明るく強い青年として、生い立つことができていたのだろうか。

（……過ぎたことを悩んでもしかたがない、か）

事はいそぐ。椅子の上に投げていたマントを肩に掛け、剣をつるして、カメロンは急ぎ足に部屋を出ようとし、ふと足を止めた。

壁に掛けられた大きな飾り鏡に、半白の髪をした、がっしりした男の上半身が映し出されている。その男の、目の下に隈のできた疲れ果てた顔と、眉間に深く刻まれた皺、額に垂れた数本の白髪に、一瞬カメロンは、それが誰のものかわからなかった。

「……俺は、老いたな」

声に出して、そう呟いた。

老いた。そして、変わってしまった。

潮風と陽に灼けた、つややかな赤銅色の顔を誇らしく上げていたヴァラキアの提督はもういない。ここにいるのは人の世のさまざまな雑事にくたびれはて、たるんだ目の下にどうしようもない苦悩と痛みをため込んだ、ひとりの初老の男だ。

かつてなめした皮のように強靱で色濃かった肌はいつか色あせて薄く、淡くなり、揉んだ紙のような細かい皺におおわれている。目尻と眉間にできた、彫刻されたような深い溝にカメロンは愕然とした。深夜まで明かりをつけてさまざまな書類に目をこらすうちに、知らず知らずに刻み込まれてしまったのだ。

両手に目を落とせば、血管の浮き上がった、筋張った甲と指がある。指輪に飾られ、宰相のしるしの印章をつけていても、いまだその力強さは喪われていない。だが、そこにできているのは帆綱をつかむ船乗りの分厚い胼胝《たこ》ではなく、羽ペンが作ったペン胼胝にすぎない。

両手をあげ、自らのものではないように感じられる両手で、別人のものに思える顔をおおってしまいたかった。十六歳の、十一歳のイシュトヴァーンが瞼をよぎる。目を閉じ、もう一度、眼裏にきらめくヴァラキアの光あふれる記憶に浸り込む誘惑はあまりにも強烈だったが、カメロンはそれを退けた。

(俺はもう決めた。決めたのだ)

イシュトヴァーンの側にあること、何があっても彼を守り抜くこと。あの日、夢を語った十六歳の少年のきらめきを消さぬよう、曇らせぬよう、海も船も、それまで自分のすべてだったあらゆるものを捨てて、自分はイシュトヴァーンを選んだ。

振り向くまい。立ち止まるまい。

決然としてカメロンは足を踏み出した。背後の鏡が映しだしているであろう、灰色の髪と重荷にきしむ背を持つ、苦悩する男に背を向けて。

庭園の入り口の供門《アーチ》をくぐると、少し離れたところから、にぎやかな笑い声と、拍手の音がさざめくようにたつのが聞こえた。

カメロンは大股に庭に踏み入っていった。イシュタールの一隅、カメロンの私邸からもまた少し離れた、ささやかな別邸である。街の中心部からは少しはずれた場所にあり、見た目は裕福な商人か下級の貴族が、愛人や庇護者を住まわせるのにふさわしい体の瀟洒な館だ。

館のうちには入らず、そのまま角を回って声の聞こえるほうに歩いていく。またきゃあっと笑い声が起こり、拍手と声援がはじけるように沸き立った。中にいくらか気遣わしげな声が、

「ああ、リア様、お気をつけて」

「お手々をしっかりお持ちになって——そうそう、あんよをまっすぐ、ね、そら、もうひとあしでございますよ」

緑の灌木を吹き抜けてきたそよ風がマントをなぶる。植え込みに囲まれた芝生の庭に、カメロンは歩み入った。草の上の敷物に座り込み、あるいは腰をかがめ、熱心に手をたたいたりはやし立てたりしていた女たちが、ぎょっとしたように振り向き、あわてて立ち上がって礼を取ろうとする。

「ああ、カメロン閣下。おいでになるのでしたら、先にお報せくだされればお迎えに出ましたものを」

「いや、かまわないでくれ。ちょっと王子の顔を見に寄っただけだ」

カメロンは手真似で娘たちを押さえ、また座らせた。

「いつもと変わったお召し物ですのね。どこかへご旅行でございますか」

「ああ、そうだ、ほんのしばらくだがな」

カメロンは自分の姿を見下ろした。宰相としての長衣を脱ぎ、軽い胴着と動きやすい足通し、乗馬用の長靴にマントをかけたカメロンは、一国の高官というより、仕入れをしに各地を回る冒険商人に見えた。

「戻ってきたらリア殿下にも何かおみやげを持ってまた来よう。そういえば、ずいぶんにぎやかだったようだが、どうかしたかな」

「ほんとに、いいところにおいでなさいましたわ、閣下」

娘たちの一人が頬を赤くして両手を胸の前で握りあわせた。

「実はさっき、リア様が、はじめてたっちなさいましたのに」

「ほう、それはそれは」

カメロンは思わず顔がほころぶのを覚えた。

話題の主の幼いゴーラの王子は、桃のような産毛におおわれたなめらかな頬をいくらか赤くし、むっちりした足を前に投げ出して、うーうーと言葉にならないうなり声を上げている。

本来ならば、いかに宰相の持ち物とはいえ、正統のゴーラ王太子にしてモンゴール大公家の血を引く子供が、王宮ではなく町中の邸で世話されることなどありえぬはずだった。

だが、これまで使っていた王宮のなかの王子宮が、半月ほど前のすさまじい雷雨と暴風雨でひどい打撃を受け、怪我人はなかったものの、壁のほとんどと屋根の一部が崩れ落ちてしまったのだ。

そのころにはイシュトヴァーンはすでにパロへと発ってしまっていて不在だったので、カメロンは思い切って王宮から自分の別邸へと王子を移し、それとともに、乳母のアイシア以外の養育係の女官を全面的に入れ替えて、明るく優しい町方の娘ばかりにした。むろん家や身元については徹底的に調査し、面接を重ねた上ではあるが。

いくら口止めしていても、せまい宮廷では噂はもれる。出仕している者のほとんどが、アムネリスとイシュトヴァーン、そして王妃の無惨な死と呪いのことを、物陰でこっそりささやかれる暗い秘密として、耳にしていた。宮廷内の女官を連れてきても、この孤独な王子にかぶさる陰を引きずるばかりだ。

それに宮廷の王子宮は、イシュタールの建物はだいたいそうなのだが、人目に触れるところ以外はまだ装飾の手間がまわっておらず、子供を育てるにはあまりに殺風景で、庭もなく、幼子の目を喜ばせる華麗な色彩や愛らしいものに欠けていた。かねてからカメロンは、少しずつ好みのはっきりしてきたドリアン王子に、もっと環境のいい場所を与えてやりたいと思っていたのである。

もっとも、もしイシュトヴァーンがイシュタールにいたなら、カメロンは決して自分の私邸などにドリアンを連れてはいかなかっただろう。ドリアンがカメロンとアムネリスの私通により産まれた子だという一時の疑いこそ晴れたものの、またそのような疑惑を思い出させるようなことは極力避けたかった。

たとえ王子宮が壊れたとしても、イシュトヴァーンの目があるかぎり、カメロンはどこか別の部屋を王宮に探すしかなかったろう。そこがどんなに子供に適さぬ場所でも、王と宰相の間にふたたび罅《ひび》をはいらせるような危険を冒すわけにはいかない。イシュトヴァーンの不在は、外交的な意味で頭の痛い問題ではあっても、ことドリアンの成長に関するかぎりは、暗い王子宮よりずっとよい影響を与えたのだった。

「ご機嫌はいかがですかな、殿下」

地面にしいたうすべりの上に尻をおろしているドリアン王子の前に、カメロンは膝をついて丁寧な礼をとった。幼子はつぶらな瞳でまっすぐ見返し、そして、きゃっきゃっと楽しそうな笑い声をたてた。

はじめ黒だった髪は、成長すると母の金髪の影響も出てきたのか、光があたると少し赤みを帯びてきらきらと輝く。黒い瞳には、陽光をはじいて鮮やかに光る、母の瞳とよく似た色の緑色の斑が散って、どこか蝶の羽のような不可思議な美しさがあらわれていた。

愛らしい、ちんまりとまるい額を囲むように、銅色の細い巻き毛が垂れている。庭は広く、下草はよく手入れされてやわらかい。まだ花の季節ではないが、風にはさわやかな青葉の香りが漂う。

うすべりの上にはお菓子の入ったかごとカラム水の水差しが置かれ、かつて航海の途中で手に入れたさまざまなおもちゃ、貝殻を巧みに組み合わせて馬車に仕立てた細工物や、黒珊瑚と白珊瑚でこしらえたボッカの駒、海のつれづれにカメロン自身が鯨の歯で彫り上げた騎士の人形など、子供がもてあそぶのにちょうどいいあれこれが放り出してある。

王子は口につっこんでいた木匙を引っ張り出すと、うー、と唇をつきだし、目の前の女官のスカートをつかもうと小さい手を伸ばした。リボンをつかんで引っ張られた女官が、笑い声をあげる。

「まあ、およしなさいまし、リア様。アランナが裸になってしまいます」

「ほう、この年でもう女の服を脱がせようとするとは、さすがイシュトヴァーンの息子だな」

「あらまあ、あんなことをおっしゃって」

どっと皆が笑う。カメロンもいっしょになって笑い、「失礼いたします」と一言告げて、片手でひょいと小さな王子を抱き上げた。

王子は急に高くなった目線に大きく目を見開き、とまどったようにまばたいたが、すぐそばにカメロンの顔を見つけると、キャーッと喜びの声をあげて、さっそく髭をつかもうと手を伸ばしてきた。

「ああ、これ、殿下」

口髭を引っ張られながら、カメロンは優しく言った。

「私はこれから旅に出なければならんのです。そう髭を引っ張られては、私は、片方しか髭のない顔をさらして、街道をとばしていかなければなりませんよ」

「リア様は閣下がとてもお好きなのですわ」

嬉しそうに女官たちの一人が言った。

「さっきお立ちになられたところ、お見せできたらよかったのに。とてもしっかりご自分で立たれて、もう少しで歩かれるところだったんですよ」

「大きくなったたな。それに、重くなった」

髭をつかむ手をそっとのけてやりながら、カメロンは目を細めた。

「きっと帰ってきたころには、この庭じゅう走り回っているに違いない」

「イシュトヴァーン陛下のお子様ですもの。きっとそうなりますわ」

それには答えずに、カメロンは顔は動かさずに視線をあげ、庭の隅でひとり口を利かずに座っているアイシアと目を見交わした。相手の目に見た苦痛と恐怖と悲しみは、自分の目に浮かんでいるのと同じなのだろうとカメロンは思った。

アムネリスは不幸な娘だったとは思う。同情する気持ちも、強くある。

だが一つだけ許せないのは、生まれた子供に、いかにイシュトヴァーンへの憎悪ゆえとはいえ、ドリアン、『悪魔の子《ドール》』などという名をつけ、母親の血の海に一人残してこの世を去ったことだ。

そして父であるイシュトヴァーンでさえ、我が子の顔を見たとたん、はげしく嘔吐し、そいつをどこかへやってくれ、二度と俺の前に出すなと叫んだのだ。アムネリスの怨念が凝《こご》ったようなそんな子供など、目にするのさえ耐えられないと。

だが、イシュトヴァーンの気持ちがどうあれ、生まれた王子はモンゴール大公家の血を引くゴーラ正統の王子であり、現王イシュトヴァーンの嫡子である。アムネリスと結婚することで王位を襲ったかたちのイシュトヴァーン王朝が、一代限りでなく、この後も末永く続くというしるしであり、その礎でもある。おろそかにはできない。

リア、という愛称は、本名の意味するところのおそろしさを本人にも、周囲の者にも知らせないために、カメロンとアイシアが相談してつけた。

　おかげで女官たちは、そちらが本名だと思っている。それでいい、とカメロンも感じていた。誰も、生まれてくる両親や状況を選べはしない。本人に責任のないところでかぶせられた憎悪を知らずに過ごせるのなら、そのほうがずっといいはずだ。

「お帰りはいつごろになりますの、閣下」

「さあ、半月か、もう少しはかかるかもしれんな。リア殿下もお待ちのことだし、できるだけ、早く戻ってくるつもりだが」

「そうなさってくださいませ、ね、リア様、楽しみですわねえ」

　今度はカメロンの髪をつかんでしゃぶろうとしているリア王子をそっと押さえながら、女官の娘が笑った。

「ほんとうに、そうなさっていると、実の親子のようですわ。そういえばイシュトヴァーン陛下はいつ、お顔を見に来られますの？」

　無邪気に発されたこの問いにひそかに息を呑んだのは、カメロンとアイシアの二人だけだった。

「……陛下はいま、パロから戻られるところだからな」

　痰《たん》がからんだふりをして咳払いし、カメロンは生じたわずかな間をごまかした。

「途中でマルガに寄ってアルド・ナリス殿の墓所に詣でられるとの連絡があったから、

もうしばらくはかかるだろう。マルガは保養地としても美しいところだ。このところ戦争続きでお疲れだから、しばらく滞在して、静養なさるおつもりかもしれん」

「まあ、そうですの」娘は無邪気に言った。

「それなら、陛下が帰ってこられた頃には、リア様はもう走り回るどころか、いたずら盛りで木登りやら泥遊びやら水泳やら、わたくしたち、大変なことになっているかもしれませんわね」

何も知らない女官はくすくす笑って王子のやわらかい頰をつついた。王子はうー、と唇を突き出し、娘の細い指を握った。娘は声を上げて笑った。鋭い痛みがカメロンの胸をつきさした。

イシュトヴァーンは来ない。ここにいる若い女官たちはみな、リア――ドリアン王子の養育が王宮でなく、宰相であるカメロンの私邸でなされている真の事情を知らない。みな、いまだ国として整いきっていないゴーラの王宮に子供を入れる余裕がないのと、母君のアムネリス王妃が産褥《さんじょく》で亡くなられたために、悲しみにくれたイシュトヴァーン王が妻を思い出させる息子を、一時遠ざけているだけだと思っている。

自分が語ったこの嘘が、本当だったらどんなに良いだろうと、カメロンは人知れず歯を食いしばった。

（イシュト、今どこにいる。おまえは何をしているんだ）

声なくカメロンは呟いた。

パロの女王などという夢を追わずとも、ここにおまえを父として必要としている子供がいる。ブランが探している、フロリーとその息子もいる。届かない星に手を伸ばしている間に、足もとで抱いてほしいと背伸びをする者たちがいる。

自分が子供を持つということが信じられない、実感できない、と以前イシュトヴァーンは言った。父親になるということがどういうことかわからない、とも。

しかし、はじめは誰でもそうではないか。すべての男が最初から父親であるわけではないのだ。今、腕の中にいる、あたたかく柔らかい、頼りないほど小さな存在にわき上がってくる気持ち、イシュトヴァーンはそれをただ、素直に受け入れればよいのではないのか。

家族を知らないチチアの王子が、自分の家族を知る、妻と息子に囲まれて、嵐のような激情とは別ののどかな幸福を知る、そんなことがあるだろうかとカメロンは思った。

いや、きっとある、自分がそうしてみせると思い直した。

アムネリスは確かにイシュトヴァーンには合わない妻だった。だが、フロリーは、彼好みのおとなしくて優しい娘だ。従順なばかりでもなく、息子を女手ひとつで産み育てる、芯の強さも持っている。

身分や、本人の意思を考えれば、王妃に直すことはまさかできまいが、身分はどうあれイシュトヴァーンのそばにいてもらえるようになんとか頼み、息子はリア王子の乳兄弟として、いっしょに大きくなればよい。

　政治のごたごたを恐れるなら、自分が決してそんなまねはさせぬからと約束しよう。どれだけ地面に膝を折っても、額をすりつけても構いはしない。イシュトヴァーンに、暖かい本物の家庭の幸福を与えてやれるのなら、安いものだ。

　控えめで優しい妻に労られ、目の前で子犬のように転げ回る小さな兄弟たちを見れば、もしかしたら、イシュトヴァーンのかたくなな気持ちも解けるかもしれない、いや、きっとそうなる。祈るような気持ちでカメロンは思った。

「あら、もうお帰りになりますの、閣下」

　王子をそっと腕に渡されて、残念そうに女官は言った。

「ああ、少しばかり、急ぐ旅なのでな。それでは殿下、失礼いたします」

　女官の胸に抱かれて指をくわえた王子のふくふくした手に、そっとカメロンは唇をつけた。

「次に参りますときには、殿下がたいそうお喜びになるおみやげを持って参りますよ。どうぞ、よい子にしてお待ちください」

「まあ、何でしょう。楽しみでございますわね、リア様」

　女官は王子の短い腕を持って左右に振らせた。

「閣下にいってらっしゃいをなさいませ、リア様。閣下、わたくしたち一同、お帰りをお待ち申し上げておりますわ。陛下にも、どうぞ、リア殿下がお父君に会いたがっていらっしゃると申し上げてくださいましね」

「ぜひとも」女官たちが口々に声をそろえた。

「子供はすぐに大きくなってしまいます。赤ちゃんの時はほんの一瞬ですのに、せっかくの時を、お見逃しになってはなりませんわ」

王子は足をバタバタさせ、地面に降りたがってもがいた。身をよじって這いおり、カメロンのマントをつかんで、端を口に入れようとする。

「いけませんよ、殿下」

カメロンはほほえんで、そっとマントを引いた。庭の端に控えているアイシアが、目頭を押さえて深々と頭を下げるのは見ないふりをした。

「このようなマントより、もっと、もっと良いものを、持って帰ってまいりますから、――もうしばらくだけ、お待ちになっていてください。きっと、殿下のお幸せになるものを、見つけてまいります」

（——な、ひとつ、約束しようじゃないか。もし、あと十年か、二十年かして、おれが首尾よくどこかの国の王になり、そして、おまえが、王立学問所で、えらい魔道師か、学者か、何かになったらさ……）

ルーナの丘から見下ろすヴァラキアの街は美しい。その底によどんだ汚穢《おわい》も、悪事も、殺人も賭場の喧噪も、きらめく海面がまき散らす雲母のような反射光にのみこまれて、硝子細工でこしらえた繊細な玩具のようだ。

自分の丸い、小さな膝小僧を眺めて、ああこれは夢なのだとひどく冷静にヨナは思った。それにしても、なんて幸福な、あざやかな夢だろう。本当にあったこととはまるで思われないほど、幻のように遠い記憶。

ラトナ山から吹き下ろすそよ風と、沿海州の潮風が梢《こずえ》でやさしく接吻《せっぷん》をかわす。見えない風の足がステップを踏むごとに、頭上に広がる大樹の葉がさやさやと音を立て、金貨をまいたような木漏れ日を散らす。

ああ、そんなに揺れないで、じっとしていて。切にヨナは願った。そんなにちらちらしていると、彼の顔が見えない。今、この目の前に、あの日の彼が、同じように痩せた臑《すね》であぐらをかき、胸に白い玉石を垂らして、若い狼のように肉とガティを口に押し込んでいるのに、はっきりと覚えているはずなのに、その顔だけが、木漏れ日にまぎれてよく見えない。

（おれは、王として、国の金をおまえにやっておまえの好きな研究なり、勉強なりさせてやるからよ——だから、おまえは、おれに仕えて、おれのために知恵をかしてくれよ）

（すごい）

夢の中の自分の唇が動いて答える。その声のあまりの幼さ、明るさ、未来を信じて疑わないまっすぐさに、ヨナは涙を流した。十六歳と十二歳だった、おたがいに。未来にどんなことが待ちかまえているかも知らず、ただ、かがやかしい夢だけ抱いていられたあのころ。

（どうだ。この話、乗るかよ）

（乗ります。ぼく、このあいだ、チチアで助けていただいたときから、イシュトって、これまでに見た中でいちばんかっこいい人で、いちばんすごい人だと思ってたんだ）

（よせやい、ばか。照れるじゃねえか）

さわぐ木立とヴァラキアの風が遠くなっていく。自分が目覚めようとしていることに、ヨナは気がついた。必死に目を閉じ、頬にあたるやわらかい枕に顔をおしつけて、消えていこうとする夢にしがみつく。いやだ、目覚めたくない。ずっと、あの夢の中にいたい。生涯で一番、幸福で、明るくて、希望に満ちていたあの瞬間に戻って、いつまでもそのままとどまっていたい。

だが、夢は手の間をすべる砂のようにこぼれ落ちていき、あとにはただ暗黒が残った。自分がしゃくりあげる声を、ヨナは遠く聞いた。

「どうなさいました。悪い夢でも、ごらんなさいましたかな、ヨナ・ハンゼ博士」

香水に浸した毒蛇の皮で耳をなでられたようだった。ひっと喉を鳴らして、ヨナははじけるように起きあがった。

体の下でぶあつい布団がはずみ、羽毛をつめた枕が転がった。頬が涙でべとついている。

部屋はいくつかのやわらかな光を放つランプで照らされており、壁は幾重にも襞をとった絹の幕でおおわれていた。

虹色の貝細工をはめ込んだ異国風な小卓と椅子がいくつか置かれている。甘い香りが、ベッドにかけられた寝具からヨナの衣服にまで染みついていた。布団はすべて絹と羽毛で、パロで使っていたものより、いや、これまでヨナが使ったことのあるどんな寝具より、やわらかくて気持ちよく肌に触れた。

　衣服はすべて肌触りのいい、新しいものに変えられていた。ぎくっとして胸をさぐったが、大切なミロク教徒のしるしであるミロク十字はちゃんと胸におさめられている。ひとまず、ヨナは胸をなで下ろした。表面的にでもミロク教徒を名乗っている以上、これを取り上げるわけにはいかなかったようだ。

「……どなたです。私に、何のご用ですか」

　夢がはれ、頭が冴えてくると、現実がたちまち脳裏に立ち戻ってきた。ぐいと袖で顔をぬぐい、早鐘をうつ胸をさとられまいとしながら、ランプの光の向こう側に立つ人物に目を凝らす。

　とたん、驚きと恐怖のかぼそい声がヨナの口を漏れた。

「お驚かせしまして申し訳ございません、ヨナ博士」

　その人物はきわめて貴族的な態度で胸に手を当て、うやうやしく一礼した。

「わたくしめは〈ミロクの使徒〉の一人、ベイラーと申すものでございます。ヨナ博士のご用を伺い、足りないものがおありならばお持ちしたいと存じまして参上いたしました。お休みのところをお騒がせしまして、まことに、申し訳ございません」

　ヨナはしばらく返事ができなかった。ふかふかの羽毛布団を知らず胸までかき寄せながら、相手の男の顔をまじまじと見つめる。

一見したところではキタイの古い家柄の貴族風な、面長な顔と高くてまっすぐな鼻筋をした、品のいい様子の人物である。裾長な文官の朝服を思わせる金襴の刺繍を置いた衣をまとい、腰に真っ赤な帯を巻いて端を長く垂らしている。申し訳のようにかぶったミロク教徒の短いマントの下に黄金でできたミロク十字を下げ、薄い、色の悪い唇に、背筋のむずがゆくなるような笑みを浮かべている。

声はやわらかく、ひらひらと動く手もほっそりとして白かった。だがヨナの目は、男の顔のただ一点に釘付けになっていた。

男には、目がなかった。

いや、かつてあった、それともある、と言うべきなのだろうか。ベイラーと名乗った男の両目は、誰かにえぐりとられたように失われ、骸骨の眼窩《がんか》のような暗い穴がふたつ空いているばかりだった。

だが、もっと奇怪なのは、その額だった。

そこには、石でできた目――丸くととのえた石に瞳を刻み込んだ石の眼球が、丸く見開かれてヨナを窺っていたのである。

ただの義眼でない証拠には、それは動いた。ヨナがじりじりと布団の上で位置をずらすのを追うように、石の目は肉でできた目とほとんど変わらず視線を動かして彼を追った。

「わたくしの目に驚いておられますな」

　声も出ないヨナの様子に、いくらか悲しげにベイラーは言った。

「どうぞお許しください、遠い昔、いささか理由あって眼球を失うことになりましてな。しかし、この石の目が、生得の目よりもよく働いてくれますので、ミロクのみ恵みにより、このように、不自由なくご奉仕を続けることができるのです。まこと、ミロクの慈悲は広大無辺ですな」

　だが、その悲しみを装った態度の下には、悪意ある嘲弄と恫喝《どうかつ》が脈打っているのをヨナは見逃さなかった。渇いた口を無理に引きはがすようにして、ヨナはまっすぐ身体を立て、相手に向かい合った。

「ここはどこです」

　かすれる声を、幾度かせき込んでからヨナは張った。意識を失う前に最後に見た光景は、襲い来る黒いタールのようななにかに立ち向かう草原の民の戦士の乱戦と、黒い女怪の狂的な高笑いだった。以降は、真っ黒な闇に塗りつぶされている。

「僕は草原の方々とともにヤガを出ようとしていたはずです。なぜ、こんなところに連れてこられているのですか。ぼく以外の方々はどこにおられるのです、そう、それに、あの、黒い大きな女は――」

「ああ、ジャミーラ」

ベイラーはちっちっと舌を鳴らし、汚らわしいものでも払うように手を振った。部屋の隅で焚かれている香炉の煙が糸のように流れてもつれた。

「あのような下品なもののことなどお忘れなさいまし。あの淫奔な女は、大切なお客様であるヨナ様にまで手を出しかねぬありさまでしたので、わたくしがあなた様のお世話を引き継いだと、こういうわけでして。まったく、〈ミロクの聖姫〉が聞いてあきれる」

（〈ミロクの聖姫〉！）

ぐらぐらと頭をゆさぶられた気がした。草原の民の精鋭たちの前に現れた黒い巨女、タールのような変幻自在の姿から見上げるような黒人女の姿に変化して、そして、草原の民たちと、自分を……

「〈新しきミロク〉」

もう恐怖はなかった。ヨナは服に手を入れ、自分の首から下がっている年季の入ったミロク十字をしっかりとつかんだ。

「あなたがたもまた、〈新しきミロク〉のものたちですね」

手の中のミロク十字が勇気をかきたてた。ヨナは背筋をまっすぐに立て、ベイラーの石の一つ目を恐れもなく見返した。

「あの巨大な女も、あなたも、僕をつかまえるために〈新しきミロク〉が送り込んだ刺客なんだ。草原の民の人々は……いえ。あなたがたが彼らを見逃すはずはありませんね。また、彼らも僕を黙って連れて行かせるはずがない。おそらくはあの黒い女、ジャミーラとあなたは言いましたか。あの女が彼らを皆殺しにし、僕をさらってきた、そういうことでしょう」

「あの女はどうにもならぬ野蛮な不作法者なのです」

ベイラーはやれやれとばかりに首を振った。

「わたくし自身が出向けば、野蛮な暴力など振るわずとも、ヨナ博士、あなただけを静かにお連れすることもできたでしょうに。ヨナ博士、草原の民のかたがたのことは、わたくしから幾重にもお詫び申し上げます。あのジャミーラめはどうも、自らの力を誇示したがるところがある。偉大なるミロクがなぜあの女に〈聖姫〉などという称号を与えられたのか、理解できませんな。ああ、むろん、広大無辺なミロクのご深慮に、わたくしごときが及ぼうはずもございませんが」

ヨナは返事をしなかった。心の中で、自分と同道したために死んでいった草原の民の若者たちに無言の祈りをささげ、部下をつけてくれたスカールにわびた。彼らが死んだのはヨナのせいだ。スカールはおそらく、戦いの中で死ぬのは草原の民の誇りだと言うだろうが、それが、あのような妖しのものにもてあそばれるような死であっていいわけがない。

「僕を、どうする気です」

不気味な石の眼球とまっすぐ目を合わせて、ヨナは問うた。ベイラーはおお、と呟いて両手を上げ、額に当てて最敬礼をした。

「むろん、大切なお客様としてお迎えいたしますのですとも。ヨナ博士、あなた様のような聡明なお方が、なぜいつまでも、古きミロクの教えなどにしがみついておられるのか、まったく理解できませんな。〈新しきミロク〉はあなた様を、このベイラー、いえ、もっと上の五大師、超越大師にすら並ぶ地位にまでおつけし、古きミロクなど及びもつかぬ新たなる真理を、お教えすることができるのですよ。なのになぜ、そのようにかたくなに拒まれるのですか」

「〈新しきミロク〉は、僕の信じるミロク教ではない。それだけです」

語気鋭くヨナは言った。

「そのことはおそらく、手の者を通じて何度もお聞きになっているのでしょう、僕が説得されてなんと答えているか。駄目です。僕は、〈新しきミロク〉の傀儡になるつもりはありません。僕を先兵としてパロへ送り込み、パロを内部から食い破らせるつもりならなおのことです。僕は、僕の第二の故郷であるパロに忠誠を誓っています。〈新しきミロク〉を信じられないのと同時に、自分が、そのような危険思想の運び手になるなど、断固としてお断りします」

「危険思想とは、また」

ベイラーはかぶりを振って遺憾の意を表した。

「なぜまた、そのような思い違いにしがみつかれるのです？　ミロク教の根本は何も変わってはおりませんよ」

「ではなぜ、争いを厭い、贅沢や虚飾を廃するはずのミロク教徒が、武装し、大寺院を建立して、賽銭や献金を集めるような真似をしているのですか。しかも、僕の以前のミロクの兄弟は、明らかに――」

ヨナは言葉につまった。どろりと曇った異様な目つきをし、以前とはすっかり変わってこちらを誘惑するような態度をとってきたラブ・サン老人とマリエのことが頭をよぎった。

彼らはけっして、そう、けっしてあのような人間ではなかった。マリエに対しては、あくまで淡いものであったとはいえ、好意を抱いてさえいたのだ。ヨナと同じように、かつては敬虔なミロク教徒であったはずの二人が、どうしてあんな。妙にぎくしゃくした動きと、ちらちら鬼火のように燃える赤い瞳が、記憶に焼き付いて離れない。

「僕と連れは〈ミロクの兄弟の家〉――イオ・ハイオンという男のところに身を寄せていましたが、彼もまた、あなたと同じか、あの黒い女怪と同じような存在だったのではないのですか。彼は、僕の目の前で胴体をまっぷたつにされたのに、死にもせず、その場で上半身と下半身をくっつけさせて、部下に運び去らせました。あんな魔道のような方法が、ミロクの教えに含まれているとは思えません」

「おお、イオ・ハイオン」

ぽんと両手を打って、ベイラーは薄い唇をいやな形につり上げた。

「そうでした、あの男。確か、あの男が、あなた様にいろいろと失礼を働いたそうで、お聞きしておりますよ。ちょうどこちらにおりますので、お詫びをさせましょう。イオ・ハイオン」

幾重にも垂れ下がる絹の幕の間に向かって、ベイラーはうってかわった横柄な口調で呼びかけた。

「これ、イオ・ハイオンよ、ヨナ博士が汝にお怒りだ。出てきて、博士にお詫びを申し上げよ」

ベッドから足をおろしかけていたヨナは、ぎくりと動きを止めた。幕の一枚が揺れ、そこから、ぼうっと亡霊めいた人影が音もなく滑り出てきたのである。

よく目を凝らせば、それは、ヤガに入ってきたばかりのころ、何も知らぬヨナとスカールに声をかけた、あの商人風の男、『ミロクの兄弟の家』の主、イオ・ハイオンの恰《かっ》幅《ぷく》のいい姿に間違いなかった。

だが、様子がおかしい。

「イオ・ハイオン殿……?」

低く、ヨナは呼びかけてみた。イオ・ハイオンは、聞こえた様子もなかった。ヨナに詫びるために呼び出されたというのに、こちらを見もしない。ベイラーの方さえ視線をむけようとしない。ただ、茫洋と瞳を宙に漂わせ、夢中歩行者のようにゆらゆらと身体を前後に揺らしている。

「イオ・ハイオンよ」

荘重な声でベイラーが命じた。いつのまにか、その手にひとつのミロク十字が握られていた。ヨナはイオ・ハイオンの胸に、いつもつけていたミロク十字の首飾りがないのに気づいた。

イオ・ハイオンは、ゆっくりとまばたくと、空中に目を向けたまま、「はい……」とうつろに応じた。

「汝がヨナ・ハンゼ博士に働いたさまざまの失礼に対し、償いをせよ」

イオ・ハイオンは、また「はい……」と睡りの中にある者のように従順に答えた。

そして、がっしりした両手を、ゆっくりと頭のほうへ持ち上げていった。

「やめろ!」

本能、としか言いようがない。なにか恐ろしい、とてつもなく邪悪で残酷なことをこれから見せられるのだと、瞬間的にヨナは悟っていた。ベッドから飛び出そうとしたが、やんわりとした力に、断固としてその場に押し戻された。

「なりませんよ、ヨナ博士。このものの謝罪を、どうぞ受け取ってやってくださいませ。それこそ、ミロク様のおっしゃる、慈悲というものでございますよ」

嘲弄を含んだベイラーの声ががんがんと頭にこだまする。あくまでやんわりとしているが、有無を言わせない力によって、ヨナは指一本動かせず、目をそらすことさえできずに、眼前で起こることを見守るしかなかった。

イオ・ハイオンは両手で自分の頭をがっちりとつかむと、そのまま、じり、じりとねじり始めた。

顔が横を向き、明らかに、人間の耐えられる限界を超える角度にまでねじり続けても、まるで何も感じていないかのように、無感動に、かつ無表情に、ぐいぐいとすさまじい力で自らの頭をねじっていく。

「やめろ！　やめさせてください、ベイラー！」

無我夢中でヨナは叫んだ。

「僕は償いなど、謝罪など、望んではいません！」

「しかし、この者は罪を犯しました」

気取った調子で、ベイラーは綺麗にととのえた口ひげをひねった。

「罪を犯したものは償いを負わねばなりません。それはミロク様もお許しのはず。この男は償いを果たすことで魂を浄化され、ミロクのお救いにあずかることができるのですよ」

「そんなのは嘘だ！　やめろ！　やめさせて！」

悲痛なヨナの叫びにもかかわらず、イオ・ハイオンは淡々と自らの首をねじり続けた。ごきっと、鈍い音がした。おそらく関節か、骨が砕けたのであろうそれは、ごきごきと数を増やして連続した。

耳を覆い、顔を伏せてしまいたかったが、ヨナを拘束する見えない力はそれを許さなかった。これは、僕への脅しでもあるのだ、とヨナは感じた。もし、いつまでも強情を張っているならば、おまえもこのように、意志とは関係なく操られる人形になる羽目になるのだぞという。

ぶちっと、濡れて腐った帆綱が切れるような、胸の悪くなる音が加わった。確実に数周はしているイオ・ハイオンの首は、絞られた布のようになっていた。耐えきれなくなった皮膚がはじけて、切れた血管と腱がぜんまい仕掛けのように外に飛び出していた。黄色い漿液と、驚くほど少ない、どろりとした血液が、イオ・ハイオンの服の上に筋を引いた。

濡れた布と紐を引きちぎるような音の連続に、ヨナは懸命に吐き気とすすり泣きをこらえた。イオ・ハイオンの首は、もはや、細い腱数本と皮膚の切れ端すこしとでしか身体とつながっていない。

「償いを終えるのだ、イオ・ハイオン」

「はい」

どうやってしゃべっているのか、吐息のような声で答えると、最後の恐ろしい音が響いた。

間をおかず、ゴトッと重いものが床に転がった。それはあいかわらず焦点の合わぬぼんやりした目で、ヨナのほうを見つめていた。硬直するヨナに視線をあわせて、イオ・ハイオンの首は、幽かに呟いた。

「ご満足いただけましたでしょうか……ヨナ・ハンゼ様……？」

叫び出したかったが、喉がふさがって声が出ない。ただ、床から見上げるイオ・ハイオンの首と視線を合わせるしか、ヨナにはできなかった。

だが、これで終わりではなかった。見ているうちに、イオ・ハイオンの首、その両目から、憑かれたような色が消え始めたのだ。

以前、ラブ・サン老人やマリエとともに現れた時のような異様な赤い光は失せ、人間の、とまどって恐怖におびえた目がとってかわった。イオ・ハイオンはきょろきょろと忙しく目を動かし、なぜ自分がこんなところで寝ているのか、身体を動かすことができないのはどうしてかというように、自ら引きちぎった首のわずかな残りをひくつかせた。

「なんだ……いったい……ここは……」

すでに紫色になった唇から、ほとんど空気の漏れる音に等しい声がこぼれた。

「俺はいったい……どうして……ここに……俺の……身体は――」

とたん、漿液とわずかな血液しか垂らしていなかったイオ・ハイオンの身体が、ねじ切られた首の切断面からすさまじい勢いで鮮血を噴いた。

同時に、それまでじっと突っ立っていた肉体はいきなり手を離されたかのようにぎくしゃくと身悶えし、なくした頭を求めるかのように、やみくもに両手足を振り回しはじめた。飛び散った血が桃色に透ける絹に斑点をつくり、血まみれの手が首のあったところをかきむしるたびに、がくんがくんと上体が揺れる。

首のない肉体がのけぞった瞬間、ヨナは叫び声を喉の奥につまらせた。

イオ・ハイオンの胴体、ちょうど、以前スカールの剣によって両断されたあたりがずるりとずれ、どうと転がり落ちたのである。

新たな血がしぶいた。血は持ち主の顔にも降りかかり、イオ・ハイオンの首はわずかに動いて、自らのものであった肉体を振り向いた。血の池に浮かぶ、ひくひく動く二つの肉塊と化した肉体を。

その瞬間、そこに浮かんだ絶望と混乱と恐怖のない交ぜになった表情は、その後も長くヨナの夢を苦しめた。

イオ・ハイオンの口から、風の漏れるような悲鳴がこぼれた。もはや肺のない彼にできるのは、その程度だったのだろう。

しかし恐るべき事に、そんな状態でもまだ肉体と首は生きている、否、生かされているのであった。首と下半身をなくした上半身は両腕をめちゃくちゃに振り回して転げ回り、下半身の方は、だだをこねる子供のように足をばたつかせて血の海を蹴り飛ばす。

イオ・ハイオンはまたかすれた悲鳴をあげた。商人然として落ち着いた面影は砕け散り、そこにあるのは、想像を絶する苦痛と恐怖と混乱を彫りつけた、断末魔の肉の仮面だった。

どれくらいその悪夢が続いたのか、ヨナにははっきりわからなかった。

気がついてみると、胴体を両断されたイオ・ハイオンの首なし死体は血に浮いて動かなくなっており、首の方もまた、すさまじい狂気の淵をのぞきこんだ者の恐怖を顔面に刻みつけたまま、事切れていた。

かっと見開いたままの目をそれ以上のぞき込むことはできず、ヨナは必死に視線を逸らそうとした。

「罪人はこれにて償いを終えたり」

神官然としてベイラーが呟いた。彼の手のひらの上でミロク十字がパシッと音を立て、砂のように崩れ去った。潔癖らしく軽く手をはたくと、ベッドの上で身をこわばらせたままもがいているヨナに初めて気がついたように、「おお、これは」と言った。

「まことに失礼いたしました、多少、力を入れすぎたようでして。今、解いてさしあげます。どこか、お痛いところはございませんか」

身体を押さえつけていた見えない枷が消え失せた。

「なぜ！」

胸の悪さは口に酸《す》い唾がわくほどだったが、激情がヨナにそれを忘れさせた。ベッドを飛び出してヨナは、自分より頭二つは背の高いベイラーの胸ぐらを、乱暴につかんだ。

「なぜ、あんなことをしたんです！　しかも、彼は、イオ・ハイオンは、最期の瞬間に正気に戻った。自分に何が起きたか、自分がどうなったのか、見せつけられた上で彼は死んだ。あれが〈新しきミロク〉の〈償い〉だというのなら、僕は心底軽蔑します。だれもあんな風に、おぞましい死に方を強制されるべきじゃない、ましてや、自分の首を自分で引きちぎるように命令されるなんて！」

「彼は自らの罪を自ら償った、ただ、それだけのことでございますよ」

ベイラーは軽くいなして、ヨナの力ない手を蝶か何かのようにそっと払いのけた。

「〈新しきミロク〉の御教えは、このように、生をこえて、死の領域までも及ぶことができるのです。イオ・ハイオンも今ごろは罪を償い終え、死者の国でミロク様の慈愛のもとに安らいでいることでございましょう。なにもお気になさることはございませんよ、ヨナ博士。あなたが最後までご覧になってくださったおかげで、彼は、償いを果たせたのですから」

「償いなんて……！」

「なぜお認めにならないのです、ヨナ博士、あなたのように聡明なお方が」

　ベイラーはいくぶんじれた調子になった。

「生と死の領域をその手にするミロク様、あらゆる次元の大因果を抱かれるミロク様が、世界の、いや、大宇宙の支配者でないわけがないではありませんか。ヤヌス十二神などもはや、木っ端以下の存在でしかありません。あなたは智慧がほしいのでしょう、この世のあらゆる秘密が知りたいのでしょう。ミロク様はあなたにそれを与えてくださいますよ、ただ帰依し、わたしは〈新しきミロク〉の教えを受け入れますと一言言いさえすればね。わたくしとしては、あなたがうらやましいと思っているのですよ。誰もミロク様から、そのような篤《あつ》い待遇を申し出られた者はありません。超越大師様さえ、そこまで行かれているかどうか。あなたは、今後の働きによっては、ミロク様の右に侍る、ミロク教団最高の地位につくことができるかもしれないのですよ」

「お断りします」

　きっぱりと、ヨナは言った。

「何度言われようと、たとえ、心臓が破裂するまで責め立てられようと、けっして。草原の方々を惨殺し、また、ここで罪もない男を操って無惨な死を遂げさせたあなたがたに、組みするつもりはありません。絶対に。何があっても、たとえ、殺されたとしても」

「やれやれ。さすがはパロ随一の英才、頑固でいらっしゃる」

ベイラーは肩をすくめてかぶりをふり、指を一本上げた。

血の海に浸ったイオ・ハイオンの死体と首が消え、あたりに飛び散った鮮血も消えた。血臭のかわりにまた、甘くまつわりつくような異国の香のにおいが室内に満ちた。

「あなたのように聡明な方が、過去の遺物にいつまでもしがみついていることは残念です、ヨナ博士。しかし、きっといつか気が変わられますよ。ミロク様の慈悲は尽きることなく、その御心は広大無辺です。必ずいつか、あなたの魂を覆う雲を吹き払って、真理の光を届かせてくださいますとも」

では、ひとまずこれにて、とベイラーはふたたび慇懃に挨拶し、一歩下がると、そのままスッと闇に解けるように消えた。

ヨナは彼が消えたあたりの幕に駆け寄って持ち上げてみたが、銀糸で花鳥の刺繍を置いた贅沢な壁紙があるばかりだった。

ランプがかすかにジリリと音を立てる。ヨナはベッドに戻り、たった今見聞きしたことを少しでも頭から追い出せないかと、布団を頭からかぶった。幾重にも垂れ下がる幕の間から赤い目が光り、うなずきあうように見交わすと、徐々に姿を消していった。

第二話　彷徨

1

「どうぞ、お聞きわけくださいませんか」

この言葉は、本来なら向けられるような相手に対して言われたのではなかった。心底困った顔で膝をつき、長靴の締め金を止めなおしかけたままの姿勢で身をよじっているのは、ブランであった。

朝の光が、隙間のあいた古い納屋の屋根から薄い布のように差している。寝わらは横へ押しつけられ、食事のあとは脇へ集められて、一つに重ねられていた。階下の馬小屋で、馬が鼻を鳴らしたり、かつかつと蹄を鳴らす音がする。

ブランはわずかな音も聞き逃すまいと、着替えながらも頭を一方にかたむけ、高い小窓から油断なく下方に目を配っている。一方の手に剣帯をぶら下げ、口のはしにマントの襟をしめる紐をくわえた彼は、ひそめた眉もそのまま先を続けた。

「どう考えても、スカール様、あなた様は敵に顔を知られすぎております。いかに幼子の母を救うためとはいえ、せっかく逃げ出してきたものを、また敵の手の中へ御身を投げ出されるのはとうてい賢い選択とは思えません」

苦り切った表情であらぬ方を見つめて、小枝を噛んでいるのは草原の鷹、黒太子スカールであった。

いまはミロク教徒の衣をまとい、胸にも殊勝らしくミロク十字の飾りを下げているが、もはや、聖都ヤガでよそおっていたような温順なミロクの徒の顔などどこにもない。きびしく寄せられた眉の下の黒い目はまさに鷹のように鋭く、空の彼方のどこか、今も昏い陰謀がうずうずと蠢いているはずの場所に向けられている。

「この若者の言うとおりであろうよ、鷹よ」

そばから口を添えたのは、あふれるほどの白髪白髯、老いてちぢかんだ顔にはふっさりとした長い白い眉毛が雪のようにかぶさり、枯れ木のような手を白い衣の上に軽く組んだ、神さびた雰囲気さえただよわせる老人である。

「おぬしのあせる気持ちもわかる。昨夜グラチウスめも言っておったとおり、この幼き魂は、ただならぬ星のもとに生まれ、毀誉褒貶《きよほうへん》はなはだしき人生を送る運命にあるのだ。そこに秘められた力は広く大きい、だからこそ、あの黒魔道師めもああして手を出してきたわけではあるが——なればこそ、一刻もはやくこの子にとって安全な場所、安心できる場所をととのえてやらねばならぬ、そういう考えはわれも同じよ、だからといってな」

　スカールはいらいらと浮かせた足先で宙を叩くばかりだった。

「焦るまい、草原の鷹よ。この年寄りの言うことも少しは耳に入れてくれぬか。守ると告げた女を目の前で、それも、幼い子供の前で奪われた屈辱、憤懣は察するにあまりある、戦士としてのおぬしの矜持《きょうじ》にいかに障るかもわかる、しかし、敵に顔も気配も知り尽くされた身で、なんの策もなしにまたあの魔境へとって返そうとは、無謀というにもほどがある」

「だから、老師に何か策がないかと頼んでいるのではないか、イェライシャ」

　スカールは嚙んでいた小枝といっしょに、乱暴にそう吐き捨てた。

「あの黒魔道師めのこざかしい企みを耳にして、いよいよこの母子を放ってはおけぬと感じたのは誰しも同じはずだ。なにも大きな魔道を頼んでいるのではない、俺もブランとともに、フロリーとヨナを救い出しに行けるよう、ほんの少しこの身に老師の惑わしの術をかけてくれるだけでよいと」

「また、おぬしらしからぬことを」

　大魔道師イェライシャ、齢一千歳を数える黒白二道の魔道を極めた大導師にして、〈ドールに追われる男〉は、白髪をゆらしてゆったりとかぶりを振った。

「あの都市では、いかに小さな魔道であろうと、暗闇に黄金のランプをかかげたように目立ってしまうということは、おぬしらも知ったとおりではないか。おぬしらが逃げ出したことで、〈新しきミロク〉も、いよいよ探索の手を広げていよう。そんなところに、たとえわれが細心の注意を払った上であっても、魔道の影を身につけていくことは、ここに目標がおるからとらえてくれと銅鑼《どら》を叩いて叫んで歩くようなものだと、なぜわからぬ」

スカールは歯をむいて唸った。

実のところ、彼にもじゅうじゅう解ってはいるのだった。ヨナとともに、異常なものへと変貌をとげたミロクの聖都ヤガにとどまっていた間に、スカールは顔を知られすぎた。おそらくあの、身体を両断してのけても生きていたイオ・ハイオンはじめ、おびただしい追っ手が、今この瞬間も巡礼たちの間に彼を探しているだろう。

しかし、逃亡の一夜が明け、朝の光のなかで逃げてきた道を見返していると、むらむらと焦慮と屈辱がわきあがってきてはらわたを噛むのだった。

目の前で堆肥の山のごとき怪物にさらわれていったフロリーの、悲痛な声が耳を離れない。あの母の呼び声のためだけにでも、すぐに剣をつかんでヤガへとって返したい気分になるというのに、イェライシャの話によれば、さきに部下たちをつけて逃がしたヨナ・ハンゼまでもが敵の手に落ち、つけてやった戦士たちはみな、〈ミロクの聖姫〉なるあやしげなものに皆殺しにされたという。

(スーティ――無事で)

(母様のことを忘れないで……)

哀しげなフロリーの声に、気がかりそうにこちらを顧みながらも、部下たちに囲まれて去っていったヨナの細い背中が重なる。自分が守ると誓った人間を二人までも、おめおめと敵に奪われてじっとしていられるほど、スカールの血はまだ冷えていなかった。

嵐のような脱出と逃亡劇の一夜を越え、多少の休息をえてめざめてみると、いよいよその気持ちは強くなりまさるばかりだった。フロリー、ヨナを奪われ、また、数少ないグル族の大切な同胞をも虐殺されたという事実は、ともすればスカールの骨を疼《うず》かせ、血肉をわきたたせて、居ても立ってもいられない気分にさせるのだった。

「おぬしはあの子を守るとその母に誓ったのではないか、太子よ」

叱るようにイェライシャが言った。スカールはわずかにひるんだ。

「顔を知られておらぬブランが、おそらく幽閉されておるフロリーとヨナ・ハンゼの居場所をさぐり出し、できれば助け出す。そしてこのイェライシャが、有事の場合のうしろだてとして、同行する。となれば、子供の守護はだれがする。おぬししかおらぬではないか、黒太子スカールよ」

うむ、とスカールは思わず唸って、ちらりと視線を流した。

そこに、毛布にくるまって、丸くなっている小さな姿があった。毛布のはしからふっくらした頬の輪郭と突き出した唇だけが見えている。先ほど、宿を貸してくれた親切な農家の主婦が、わざわざ籠に入れて運んできてくれた温めた牛乳を、ふうふうと吹きながら少しずつ飲んでいる。スカールたちが話している内容は聞こえているはずだが、気丈にこちらには目を向けず、自分にできることはただ大人たちの言うことをきいて静かにしているしかないのだと心得ているように、膝をかかえて一言も漏らさない。

スーティ、イシュトヴァーン二世にして、ゴーラ王イシュトヴァーンの第一子にあたる男子――その事実だけであっても大きいというのに、魔道師たちの見る秘密の星の配置は、この子にとって平穏な人生など望むべくもないことを示しているという。

イシュトヴァーンの子。スカールにとっては、恨み重なる怨敵の息子である。しかし、この明るく聡いわずか三歳の子供は、そうした大人同士の恩讐などかるがると越えてしまう強い光を、確かに持ち合わせていた。掠われてゆくその母に向かって、『息子は誓って俺が守ってやる』とスカールに言わせるだけの力を。

草原の民として、一度言挙げしたものは守らねばならぬ。スーティはスカールが守らねばならぬのだ。そして、ブランとイェライシャ、両者の言うことは正しい。スカールは存在を知られすぎている。であるから、ヤガでは敵に知られていなかったブランとイェライシャがフロリーとヨナを捜索するのは正しい。

そして魔道の制限されるこの魔教の地では、戦士としてもっとも熟練のスカールこそ強者である。〈新しきミロク〉がつけ狙うのがこのスーティであるのならば、この子をこそ大切に身を隠させ、護衛の者が身に添うのが筋なのだ。

理屈はわかる。

しかし、わかるのと感情がそれに添うかどうかは別の問題だ。

「スカール様」

気がかりそうに、ブランが呼びかける。彼はもうすっかり身仕度をととのえて、長靴のさきをとんとんと鳴らし、慣れないミロク十字を首から下げようとしていた。

「スカール様、どうぞ――」

「もういい。わかった」

食いしばった歯の間から、吐き出すようにスカールは言った。

「俺はこの坊主を連れてイェライシャのいう結界に身を隠す。その間におまえたちはヤガへとって返し、おそらくはあの大寺院、〈新しきミロク〉の本拠に囚われているとおもわれるフロリーとヨナを探し出し、連れ帰る」

「できますならば」

ブランが控えめに言い添えた。

「どうぞ誤解はしてくださいますな、スカール様。あなた様の戦士としての腕前を軽んじているわけではございません。むしろ、名高い草原の鷹にいっしょに来ていただけたならばどれだけ心強いことかと存じます、しかし」

「わかっている。もう言うな」

スカールは乱暴にさえぎった。

「俺もいささか、大人げなかった。なにしろ、いろいろありすぎたものでな。三つの子供でさえきちんと理屈を聞き分けて静かにしているというのに、りっぱな大人が、たわけた意地を張ったものだ」

「その意地はいずれ、二人を無事に助け出した暁に存分に晴らせるであろうよ」

イェライシャがおごそかに告げると、老魔道師は煙が立ちのぼるように、まるで重さを感じさせない動きですいと立ちあがった。

「坊や。スーティ。イシュトヴァーン二世。赤い星のもとに生まれた子よ」

スーティはゆっくりと振り向いた。牛乳はもう飲み終わって、口のまわりにうっすらと白い跡が残っている。大きな、真っ黒い瞳で魔道師を見つめるとまばたきし、口にくっついた汚れをあわてたように拭った。

「おぬしはこれからこのスカールと二人、われが用意した場所に隠れておるのだ。われらが戻るか、あるいは、何らかの手段で連絡があるまでは動いてはいかぬ。わかるか」

スカールではなく、スーティこそがこの場の主導者のような口ぶりであった。スーティはもう一度、ゆっくりと大きくまばたきし、うなずいた。唇が何か言いたげに動いたが、じきに、きっちりと閉ざされた。

「ご心配なさいますな、王子」

ブランは剣を揺らしながら近づいていって、膝をついた。迷うように地面に垂らされたままのスーティの手をとって、額にあてて捧げ持つ。

「王子の母上は必ず、このブランが取りかえしてまいります。それまで、スカール様と二人、安全な場所でお待ちください。スカール様は、私などよりもずっとすばらしい剣士なのですよ。私だって、そう悪くはない剣士であるのは、ご存じでしょうが」

スーティの唇が開き、ぎゅっと閉じ、震えてまた開いた。

「……スイランのおいちゃん」

こぼれた声はかぼそかった。

「スイランのおいちゃん。なまえ、ブランっていうの、ほんとは？　母さま、助けてくれる？　スーティの母さまのこと、ほんとに、連れてきてくれる？」

「お救いしますとも。この剣にかけて」

鞘のままの剣をつかんで、ブランは小さな王子の前にかかげて見せた。

「私はこの剣を捧げた二人のお方から、あなたがた、フロリー様とスーティ王子の保護を命じられているのです。私はあなた様の騎士です、スーティ王子、ですから、どうぞお心強くいらしてください。必ずお母上を取りかえして、王子のところにもどってまいりますから」

「母さまを？……本当に？」

スーティの顎が震えた。それは、母と引き離された恐怖の一夜をこえて、はじめてこの気丈な子供が見せた、年相応の弱さだった。つぶらな瞳が陽光にうるみ、一粒の涙が、ゆっくりと頰を伝いおちて床にしたたった。

「母さま、だいじょうぶ？　母さまけがしてない？　母さま、ちゃんと、スーティのところかえってくる？　やくそくしてくれる……？」

「騎士の誓いは絶対です。王子」

剣の柄に額をあてて、ブランは深々とスーティの前に頭を垂れた。

「誓いましょう。ゴーラ王国宰相カメロン卿直属、ドライドン騎士団副団長ブラン、必ず、王子の母上フロリー様を連れて、王子のもとに戻ってまいります。お心安くあられませ、王子。われらと、ドライドン神が王子の側におります」

「どらいどん」

聞きなれない神の名前を、かみしめるようにスーティは呟いた。

そしてきっと唇をひき結び、目に強い光を宿して、わが騎士を振り仰いだ。

「スイラン、……ブラン」

はっきりとした口調で、彼は言った。

「母さまを、おねがい」

ブランはほほえんだ。

そして白くたけ高いイェライシャと草原の鷹の目がこもごもに見守る中で、幼い王子がまとう毛布のはしに、王の衣に口づけるかのように、そっと唇を落とした。


半刻《ザン》ほどののち、深く頭巾をおろした長身のミロク教徒が、重なる老齢に腰のまがった老人を支えるようにして、街道のすり減った敷石の上を聖都の方向へ進んでいた。

老人は杖をつき、同じく頭巾に深く顔を隠して、敬虔なミロク教徒らしく口中にしきりに祈りの言葉を唱えるらしかったが、若い方は、まだ信仰に入って日が浅いのか、歩くたびに胸にぶつかるミロク十字に触れては、やってきた方角を何度も気がかりそうに振り返るのだった。

「煩《わずら》うまい、焦るまい、ドライドンの騎士よ」

老人が祈りのあいまから、連れにだけ聞こえる声でささやいた。

「スカール太子と王子ならば大事ない。このイェライシャが、空気の精霊と土地の力のみで編み上げた秘伝の隠れ家よ。魔道の力はいささかも使っておらぬ、よってかの〈新しきミロク〉の注意を引くこともない。グラチウスやその他の妖怪のごとき闇のやからは、結界そのものが嫌ってはじき出そう。あそこに入れるのは心正しく魂にまことの光をたたえる者、われイェライシャがあの隠れ家に見合うと認めた者のみよ」

「しかし、〈新しきミロク〉は油断がならぬ、老師」

若い巡礼は鋭くささやき返した。これはもちろん、ブランである。

武器を身につけぬというミロク教徒のならいに従って、剣はさげていない——少なくとも、見えるところには——しかし、長靴の内側には弾力のある細身の剣を差しこみ、懐深くにはいざというとき相手の不意をつく投げナイフを何本も巻きつけている。イェライシャがその不可思議の術で、異次元の彼方にある彼の宝蔵から取り出して与えた太古の品である。みなそれぞれに美しく、空気のように軽いのに、その切っ先にはどれも必殺の一撃を与えるだけの力が宿っている。ブランはまたミロク十字にふれ、その奥に静まっている、はるか時の彼方で鍛えられた刃の、眠る野獣に似たひそやかな息づきを感じた。

「老師も知ってのように、〈新しきミロク〉は死をも超克するらしい。イオ・ハイオンとかいう男は、スカール様に胴体を輪切りにされてもへこたれもせず、部下に早く神殿に連れて行けとわめいていたそうな。まことに〈新しきミロク〉の背後にキタイの竜王がおり、その異界の魔道が背後に働いているなら、この世に知られた魔道や術などでは、なかなかとどめ得ぬのではないか——いや、老師の力を疑うわけではさらさらないが、しかし――」

「確かに、心配は心配ではある」

あっさりと、イェライシャは認めた。

「われは一千年を生き、この世の魔道という魔道を知り、ドールその者の足元に膝をついて知識を請うたこともある――ああ、ぎょっとした顔をするでない、すべてははるか昔のこと、古代の魔道王国が繁栄を謳歌し、風の間に間に人ならぬものの息吹が聞こえた、遠い時代のことよ――しかしそれでも、この世の知識をすべて修めたとはとうてい言いがたい。あのグラチウスのごとき傲慢な男はけして認めぬであろうが、誰であろうと知識の及ばぬ部分はひとしく存在する。それを正しく認めるかあの男のように目をそらすかで、智慧の領域は狭められもし、またどこまでも広くなる。

キタイの竜王のあやつる異界の魔道は、確かにわれの知識の範疇を越えておる。しかし、太子と王子を匿《かくも》うたのは、先ほども言うたように、魔道でもなければいかなる法《のり》でもない、この地、この世界に存在する力に頼って、守護の約定を結んだのみよ。竜王の魔道がいかに地の法を越えたわざとはいえ、この世界、この中原にて働く以上、多少なりとも大地の力、風の力、この世界そのものがもともと持つ力の影響を受けずにはおかぬ。そうした力が、もともとこの世に存在せぬ力の介入を拒むように、われが注意して作り上げたのだ。

むろん、常に不測の事態というものは起こりうる、が、思い煩うても詮方ない。われは力をつくし、おぬしも力をつくす。スカール殿もおそらく、スーティ王子を守って力をつくされるであろう。この不安定な世界では、誰しも、そうして自らの持てる力をふりしぼって目的に邁進するしかないのだよ、若きドライドン騎士よ」

ブランはきっと唇を引き結んで、土埃《つちぼこり》にかすむ街道の果てを見つめていた。朝には晴れ渡っていた空は徐々に曇りはじめ、灰色の羊の毛を握りかためたような雲のかたまりが、高空の風に乗って早い勢いで流れていた。陽光は弱まりはじめ、まるで二人の巡礼が向から魔教の聖都で待ち受ける困難をあおるかのように、ちらちらと弱々しく現れては消えた。

「それ、人がいた」

前方でマントと頭巾を身につけた集団がゆっくりと道に入ってくるのを見つけて、イェライシャがそっと言った。

「ここから先は敵地と心得るがよいであろうよ、ドライドンの騎士。あれはまだ普通のミロク教徒の巡礼団であるらしいが、いつどこで、〈新しきミロク〉が網を張っておるかわからぬでな。——ふむ、ひとつ、あの巡礼団にまぎれて、ヤガへ入るが得策であろうな。おぬしは死期の近づいた父親を連れて聖都へ巡礼の孝行息子、われは老齢のあまり口をきくのも満足にならぬ年寄り。せめて聖都で父親に最後の孝行をしてやりたい、とこう語ってやれば、喜んで迎え入れてもらえようよ」

「とんだ孝行もあったものだ」

ブランは唸った。イェライシャは低く笑い、杖を取り直して、老いほうけた老人のおぼつかぬ足取りで、よろよろと歩き出した。

その足取りはもはや千年生きた大魔道師のものではなく、重ねた年齢に押しつぶされかけている者の、今にも地面に崩れ落ちそうなそれとしか見えなかった。鋭い目つきも、叡智をたたえた物腰も消え、皺びた唇でしきりに祈りだかなんだかわからぬものをぶつぶつと繰り返している。

ブランは息をつき、頭を上げた。

「おうい、そこの方々！」

背を丸め、しきりに歯のない口を動かす『老父』を支えながら、ミロク教徒の若者は手を振った。

「すまぬが、ヤガはもう近いのだろうか？　よろしければ、俺とこの父と二人、あんた方の仲間に入れてもらいたいのだが」

2

「どう、どう」

隊列の先頭に立っていた騎士が声をかけて馬をとどめた。前方から、先行させたケイロニア騎士の一団が戻ってくるのが見えたのだ。彼は手を振り、後ろに続く騎士隊と、中心に包まれて進む馬車をとどめた。馬蹄が入り乱れ、静かだった森の空気をしばし蹴たてた。不安な夕暮れ時で、陽光はすでに燃えつき、青白い夜闇が忍び寄ってくる刻限だった。

「ご苦労だった」

冑《かぶと》の面頬をあげて、指揮官であるらしき騎士が言った。

「何か変わったことは？」

「ございません、ブロン殿」

斥候役の騎士がひとり、代表してかぶりを振った。

「何匹かの兎や鳥、鹿も一頭驚いて逃げるのを見かけましたが、それだけです。怪しい

もの の気配は見あたりません。それと、ここから西にもう数分刻《タルザン》、馬で進んだところに、見捨てられた木こり小屋があるのを見つけました。かなりの部分が崩れ落ちていますが、井戸は使えますし、母屋にはまだ屋根も残っております」

「それはよい。では、今宵はそこで野営だな」

ケイロニア軍パロ駐留隊長ブロンはうなずくと、後ろの馬車にむかって、「マリウス殿、宰相閣下、リギア殿、それでよろしいですかな？」と呼びかけた。

「選り好みできるような状態じゃないわね」

戸から首を出して話を聞いていたリギアが首を振った。

「いいわ、行きましょう。強行軍でみんな疲れているし、久しぶりに、揺れない地面の上で寝られるならこんなに嬉しいことはないわ」

ブロンはうなずいて面頬を引き下ろし、隊列に号令をかけて西へと進路をとった。

木々の間を、騎馬の騎士と徒行《かち》の兵士が、馬車を守りつつすり抜けていく。

どこか遠くで、夜鳥の引き裂くような叫び声が響いた。がたがたと木の根を越えていく馬車の中で、マリウスことパロ王子アル・ディーンはぴくっと身をすくめ、肩に巻きつけたマントに鼻を埋めた。

「ただの鳥よ。あんたのお仲間」

馬車の堅い座席で、どうにか楽な姿勢を探しながらリギアはそっけなく言った。背中と腰の痛みはそろそろ限界にきている。聖騎士伯として、またパロ奪還の戦士として、馬に乗り続けての長い行軍は何度も経験したが、荷車に毛が生えた程度のちっぽけな馬車に四人も詰め込まれて、瓶の中の豆のように何日も揺すられ続けたのはさすがに初めてだ。

「だって気持ち悪いんだよ」

マントに鼻を埋めたまま、王子はもごもごと言った。

「こうがたがた揺すられちゃ眠れやしないし、やっと眠れたと思えばあの鱗お化けに食べられそうになる夢ばかり見るし。起きてるときくらい、もうちょっと気持ちのいい音を聞きたい。吟遊詩人として、こういう美的感覚のない旅には我慢がならないんだよ、僕」

「とにかく今夜は安定した地面で眠れるようですよ。ごらんなさい」

座席の片隅で、くしゃくしゃになった大きな鴉《ガーガー》の羽根ごろものようにぺしゃんこになっていたヴァレリウスが、ぼさぼさの灰色頭を揺らしてようやく外を見た。

「木こり小屋です。今までの泊まりを考えてみればなかなか立派な宿ですよ。さすがにクリスタル宮とまではいかないでしょうが」

不穏な間があいた。クリスタル宮、の一言が呼び起こした恐怖の記憶にアル・ディーン王子は震え上がり、マントを頭からすっぽりかぶった。リギアは眉根を寄せて厳しい顔になり、ヴァレリウスは不用意な発言を悔いるかのように、たるんだ瞼をしょぼつかせた。

「申し訳ありません、リギア殿」

「あなたが謝るようなことじゃないわ、ヴァレリウス」

すばやく遮って、リギアは自分の隣で丸くなっているもう一人の様子に目を走らせた。

「とにかく、久しぶりにゆっくり眠れるというのはいいことだわ。確実に、とまでは断言できないけれど。アッシャ、起きてる？」

毛布にくるまった塊に呼びかける。毛布の塊はもぞりと動いて、中からもつれた赤毛がちらりと動くのが見えた。

「気分はどう？」

心配そうにリギアはのぞき込んだ。

「今夜は少しは手足をのばして寝られそうよ。たぶん屋根と寝藁、それに井戸水もあるそうだから、背中の打ち身に効く薬湯をヴァレリウスが作ってくれるわよ。安心なさい」

毛布の塊はもぞもぞと動いて、返事ともなんともつかないうめき声をひとつ返しただけでまた動かなくなってしまった。リギアは小さくため息をついて腰を上げ、次第に近づいてくる夜営地を窺おうと窓を押し開けた。

おそろしい鉤爪と強靱な尾、凶暴な牙を持つ大口の怪物に、パロが占領されて十日あまり。

惨憺たる破壊と流血から逃れてパロを脱出したケイロニア駐留軍と聖騎士伯リギア、吟遊詩人マリウスことアル・ディーン、魔道師宰相ヴァレリウス、それにもう一人は、クリスタルの北部に駐留するゴーラ軍一千を避けていったん南下し、そこから、イーラ湖を西へまわって、エルファ近くの森林地帯に入り込んでいた。

ここから遠くケイロニアまで到達するには、危険を冒して北進し、シュクの町からワルド山脈を越える唯一の街道を通ってワルド城に到達、そこからサイロンへと続くワルスタット街道を進むしかない。パロとケイロニア、ふたつの大国を結ぶこの街道は、二大国が友好の絆をむすぶはるか前から存在し、パロの文化とケイロニアの武勇をともに行き来させせてきた。双方の国の軍隊がこもごもに街道筋を警備し、赤い街道に並ぶ中原の交通路として信頼されてきた。

だが、双方の大国が災禍にみまわれ、自国を守ることに懸命にならざるをえない今、ワルスタット街道はほかの街道筋と同じく、脱走兵やその他のならず者が跋扈《ばっこ》する危険地帯になっている。サイロンをおそった疫病の噂が流れてから、わざわざケイロニアへ入ろうとする者の数は減ったが、だからこそ、国や村を逐われて浮浪の身となったものたちがさらに、旅人たちの荷物と血で身を養おうと虎視眈々としているのだ。

「それに、われわれが脱出したことに感づいていれば、ワルスタット街道で待ち伏せするのがもっとも確実だと思われるはずです」

ブロンは言った。

逃亡者たちはひとまず宿営地に落ち着き、火を焚き、馬を木々につないで久方ぶりの休息を取っていた。これまでは人目につくのを恐れて、十分人里から距離をとったと確信できるまでは、火を焚くどころか馬を潰さない程度のあわただしい休息しか取れなかったのだ。くたびれ果てて首を垂らしている馬たちの背をさすり、鞍でこすれた背中や拍車で傷ついたわき腹に油薬を塗ってやっていた。

さいわいなことに井戸の水はいまだに澄んでおり、水量もゆたかだった。木こり小屋は予想されたよりしっかりしており、近くの家畜囲いからは藁や干し草が見つかった。小屋の裏手には薪がまとめられたまま山と積まれており、心休まる火とぬくもり、それに食料を調理する手段を提供してくれた。すでに森の中へ狩りに行った一隊がもどってきて、兎が数羽とよく肥えた山鳥、小柄だがたっぷり肉のついた鹿を一頭手に入れてきていた。

竈《かまど》が築かれ、皮をはいだ獲物がいい匂いをたてて焼け始めるのを横目にしながら、ブロンとリギア、ヴァレリウス、マリウスことアル・ディーン（王子の名ではなく、お気に入りの吟遊詩人の名で呼ばれることはマリウスを喜ばせたが、実際、逃亡の旅であることを考えれば、パロ王子の名を軽々しく口にすることは危険すぎた)、これからの進路について作戦会議を持っていた。

「ゴーラ軍は確かユノ砦に駐留しているはずですが、いま現在のパロの状態を考えれば、そこでじっとしている理由はありません。おそらく王に合流するためにパロへと進むか、でなければ、逃亡者を押さえるために街道の封鎖に向かうでしょう。パロへ行っていてくれれば問題はない、が、ワルスタット街道を押さえられると、少々やっかいです」

「なんでさ」

マリウスは落ちつかなげに身を揺すりながら、棒で火をつついている。

「街道筋がだめなら、別の道を通ればいいじゃないか。ワルド山脈に入って、追っ手を──もし、いたとしてだけど──まくのはできないのかい」

「われわれだけなら、それもありえましょうが」

ブロンは物思わしげに、茂みのかげに目立たぬように停められた馬車を見やった。

「足弱の娘をつれて、ワルド山脈を踏破できるとは思えません。失礼ながら、あなたもです、ヴァレリウス殿、アル──マリウス殿。われらケイロニア騎士だけならばどのような急峻な尾根も越えてみせましょうが、今回は、あなたがたを守ってケイロニア領まで逃れることが重要なのです。ことにマリウス殿、あなたを」

「もしイシュトヴァーンがむりやりリンダと結婚して、パロの王座を奪ったら、正当な権利を言い立てて対抗できるのはあなただけなのよ」

怒ったようにリギアは指摘した。

「レムス先王陛下はいまだに白亜の塔におられるし。イシュトヴァーンはすでに一度、モンゴールのアムネリス女大公をたぶらかして、今の王座を手に入れているわ。パロでもまた、同じことをしようとしていても不思議じゃない」

「それにあいつはやたらとリンダに執着してるし」

げんなりした顔で火をかき回し、マリウスはため息をついた。

「クリスタルに客としていたときには、まあまあ節度を持ってふるまっていたように見えたけど、それも演技だったのかもね。あいつにもようやく王としてのわきまえがついてきたと、リンダに思わせるための」

「ヴァレリウス殿、あの──『竜化《りゅうか》の禍《わざわい》』と申しましょうか──あの魔道のわざは、パロ全体に広がっているとお感じですか？」

ブロンは視線を転じて、炎の投げる影のひとつであるかのように小さくうずくまっているヴァレリウスに顔を向けた。ぼんやりと炎を見つめていたヴァレリウスは、痩せた肩をぎくっと震わせると、しぼんだ瞼をしょぼつかせてブロンを見返した。

「ああ──『竜化の禍』。そうですね」

呟くように応じた声は、まだどこか遠い場所をさまよっているかのようにかすれていた。

「いいえ。私の考えるところでは、あれは、おそらくクリスタルからそれほど外へは出ていないでしょう。サイロンを襲った黒死の病が、都市の門を一歩も出なかったというのと同じことです。あれだけの災厄が広範囲に広がれば、諸国の注目を集め、四方から囲まれて潰される危険性が高まる。

サイロンの病は、それが疫病だったことから人を遠ざけましたが、パロの場合は話が違います。竜頭兵がいかに屈強であろうと、あのような怪物が出現した噂が広範囲に流れれば、沿海州、草原地方のトルースやアルゴス、タリアやカラヴィア自治領も、自国を守るために兵を出すでしょう。どれだけの数のパロ人民が竜頭兵に転化されたかは見当もつきませんが、少なくとも、四方の他国にいっせいに押されて、たちうちできるほどの数ではないはずです」

しばらく話がとぎれ、重苦しい沈黙が落ちた。胴鎧をはずした騎士が二人寄ってきて、焼けた鹿肉と冑を鍋がわりにした兎の煮込み、冷たい井戸水の入った革袋を運んできた。パロから携えてきた葡萄酒は、きつい道行きのあいだに、とうに飲み尽くされていた。

「すまんな」食事を受け取りながらブロンは部下をねぎらった。

「馬車で寝ている娘にも何か持っていってやるがよい。焼き肉はまだ喉を通らぬであろうから、煮た兎肉と肉汁だけにしたほうがよいな」

騎士たちは敬礼して、離れていった。彼らもまた、強行軍の中でろくな食事もとれていなかったのだ。竈の周囲にはすでに人だかりができ、久々にとる焼きたての熱い肉と新鮮な水に群がる男たちが、ひそやかなざわめきをたてていた。

しばしはリギアたちも食べることに専念した。馬上で干し肉と堅パンを、酸い葡萄酒やすえた臭いの水で流し込む食事が続いたあとで、脂のしたたる、舌の焼けるような肉は信じられないほどの美味だった。マリウスでさえよく動く舌を休め、食べ物を味わうことに使っている。

旺盛な食欲をみせて肉をほおばるブロンと対照的に、ヴァレリウスはどこかもの思わしげだった。肉を嚙み、煮込みの匙を口に運んではいるのだが、その視線はあいかわらずどこか遠くを見つめ、自分だけの物思いに閉じこもっているかに見えた。

「ヴァレリウス？」

匙を動かす手を止めて、けげんそうにリギアが質《ただ》した。

「何を考えてるの、ヴァレリウス。心ここにあらずって顔してるけど」

「あ——あ。いえ。その、いえ。別に、これといって」

明らかに、ヴァレリウスは不意をつかれた。あわてた拍子に匙を煮汁の中に落としかけ、あわててつかもうとして指にやけどを負った。声を上げて指をくわえるヴァレリウスを、マリウスが不思議そうに見つめた。

「なんだか変だよ、君、ヴァレリウス。パロを出てからずっとそうだけど、日が経てば経つほど、なんだかいつも黙ってむっつり考え込んでるようになって。まあそりゃ、クリスタルがあんなになって、宰相としてはいろいろ思うところもあるんだろうけどさ」

「そ、それは、まあ」

やけどした指に息を吹きかけながら、ヴァレリウスは言葉を探すように舌を鳴らした。

「何せほんとうに、いろいろとありすぎましたもので、つい考えてしまいましてね。ブロン殿、『竜化の禍』については、そういうわけで今のところ恐れる必要はさほどないと思います。少なくとも、街道筋にあのような怪物が現れたとなれば、サイロンの疫病と妖変のあとですから、たちまち噂になるでしょう。これまでそういう話が耳に入っていないということは、あれもまたサイロンの黒死の災いと同じく、クリスタルの門を出ることはないと考えてよろしいかと。それに」

「確信の持てる理由でも？」

「はい。これは私の推測ですが、あのような大規模な魔道をある程度の範囲に一気に仕掛けるには、ある程度の準備と時間、そして、強固な『魔力の道』とでもいうものが必要になります。縮小したとはいえ、クリスタル城下は片手でおおいつくせるような広さではありません。いかに竜王の魔道が強力であっても、一夕一朝にあのような転化の術がばら撒けるわけはない」

「じゃあ何、ずっと前から、あのお化けはクリスタルに潜んでいたっていうこと？」

なにやら妙な顔つきでヴァレリウスを見ているリギアに代わって、マリウスが身を乗りだした。ヴァレリウスは首を振った。

「竜頭兵そのものの種、とは申しません。ただ、クリスタルとクリスタル王宮は一度、魔王子アモンによって、異形の世界に転化されました」

マリウスはぶるっと身震いした。ブロンは真剣な顔つきで眼を細めている。

「魔王子アモンはグイン王のお働きにより王宮から払われ、その魔力も去りましたが、一度存在した力は消しがたい痕を残すものです。人間の精神にはたらくのと同様、場所に働くのもそれは同じこと。アモンという巨大な力の塊が去ったのちも、クリスタル宮には、『力の不在』という形でその痕が残っていたはずです。鉄砲水が岸辺をけずって流れを変えてしまうように、それは、あの竜頭兵への転化の術を撒き、市民や魔道師たちの生気の根を術につなげていく導管として、十分役に立ったことでしょう」

「なんてこった」マリウスは呻いた。

「あの魔物の王子さまときたら、追っ払われたあとまでまだパロに災いするっていうのかい」

「竜王がどのように計算していたかは知るよしもありませんが」

陰気にヴァレリウスは言った。

「ほぼ七、八割、もしかしたらもう少し上の確率で、私の推測どおりのことがクリスタルで起こったのだと思います。ですから逆に言えば、クリスタル宮に存在する魔王子の残した力の導管から、『竜化の禍』はあまり遠くへは拡がらないはずです。強力な術であればあるだけ、その行使にも、維持にも、大きな力が必要になるのは魔道であれ、ほかの通常の人間のしわざであれ、同じことです。先ほどお話ししましたように、中原以外の諸国にまで噂が拡がるのはまずいという事情もあります」

「つまり、あの鱗お化けが僕たちを街道まで追っかけてくる可能性は低いってことか」

「駐留中だったゴーラ兵一千が街道沿いに放たれて、われわれのことを聞き回っているほうがありそうな話です」

マリウスはいくぶんほっとしたように背筋を伸ばした。ヴァレリウスはやけどした指に目を落としたまま、さらに続けて、

「しかし、それもまた、あまり心配はせずともよいと私は思います。イシュトヴァーンはひとまずリンダ陛下を手に入れ、今のところは有頂天になっているはず。ほかの宮廷人はほとんど眼中にないと考えていいでしょう。われわれが逃げ出したことにも、もしかしたら気づいていないかもしれない。あの竜頭兵のひしめく都を、無事に脱出できた人間がそれほどいたとは、確かに思えませんし――われわれとて、ブロン殿とケイロニ

ア師団の救援がなければ、なすすべなく竜の牙にかかっていたはずですから」

「われらは騎士の本分を果たしたまでだ。気にせんでくれ、宰相殿」

気軽くブロンは言って、顎についた脂を拳でぬぐった。

「しかし、気になるのはイシュトヴァーンの背後についているキタイの魔道師だな。会ったのだろう？　そやつに」

「え、ええ──まあ、はい」

ヴァレリウスは匙をひねくり回しながらもごもごと答えた。食べかけたままの兎の煮込みがさめて、上に薄く白い脂の膜が張りはじめている。

「クリスタル宮からひとり投げ出された際に、大胆にも私の目の前に現れましてね。その──いくつか嘲弄の文句を吐いて消え去りましたが、私たちが逃げるのは、不思議と容認しているようでした。

むしろ、ケイロニアへ到着するのを期待しているのかもしれない。さきのサイロンの妖変は、特殊な星の〈会〉に乗じて、異質にして巨大な力の塊であるグイン王を手に入れるために、竜王が企んだものでした。しかし、それは失敗した。私たちもまた、グイン王に手をのばすための新たなひとつの手段として、ケイロニアに、そしてサイロンに、送りこまれようとしているのかもしれません、しかし」

「しかし、われわれにほかにとれる道はない」

きっぱりと、ブロンが断言した。

「ケイロニア騎士として、私は、パロの状況を報告しにサイロンへ帰還する義務がある。またマリウス殿、リギア殿、そしてヴァレリウス殿、あなたがたを、イシュトヴァーンがパロの王位を乗っ取ろうとしたとき、正統なる王位の権利を主張できる人間として、安全な場所までお連れする義務がある。いま中原は荒れている。どのような辺境に隠れても、否、辺境であればあるほど、予期せぬ危険は増す。いま、グイン陛下のおわすサイロン以上に安全な場所を、私は思いつけない。いや」と照れたようににやりと笑い、

「どうせ愛国的な騎士の自己満足な言いぐさだと思われても仕方がないが」

「まあ、サイロンがいちばん安全なのは確かでしょうね」

リギアが食べ終わった器を脇に置いて静かに言った。

「ほかのどんな場所に潜伏しようと、あの竜頭兵をクリスタルに放った相手なら、いつかは見つけられるのが関の山だわ。この場合、恐れなければならないのはイシュトヴァーンやゴーラ軍兵ではなく、その背後で糸を引いている存在だと思う。わたしたちはたぶん、泳がされているのよ。ここまで無事に来られたのも、もしかしたら、そいつの思うつぼなのかもしれない。こうしてケイロニアに向かっているのもね。でも、ケイロニアには、グインがいる」

「グイン王はあらゆる魔道の企みを超える存在です」

呟いたヴァレリウスの声には、いくぶんかの畏怖がこもっていた。

「これまで名だたる魔道師がそろって何度も、あの方を手に入れようとしてきました。暗黒魔道師グラチウスは言うにおよばず、竜王その人でさえ、サイロンひとつをまるごと大がかりな罠にして、あの方をとらえようとしてきたのです。

しかしつねにあの方はその手を逃れてきました。あの方の内包する力、星一つ、あるいは、もしかしたら複数の宇宙をもまるごと左右しかねない力の巨大さが、さしもの竜王の力さえ上回ってきたのです」

「グインなら僕たちを守れるって？」

マリウスがこわごわ口をはさんだ。

「グイン王が、というより、あの方の存在そのものが」

静かにヴァレリウスは言った。

「これまでさまざまな周到な罠を打ち砕いてきたあの方の存在自体が、この八方塞がりな状況を打開する鍵かもしれぬということです。われわれがグイン王への新たな企みの駒としてサイロンへ行かされている可能性も含めて。グイン王は、予想もつかぬその力と強烈な運命の光で、のしかかる影を払ってこられた。われらちっぽけな人間風情としては、おのれにできるかぎりの努力はしつつ、唯一運命の糸車に抗えるかもしれぬあのお方に、おすがりするしかないのかもしれません」

「グインかあ」

マリウスは匙と器を放り出し、ごろりと仰向けになった。茶色い巻き毛に、木の葉越しの星の光がふりかかる。冷えた夜気は水晶のごとく澄んで、夜空はこまかな雲母《きらら》の粉を撒いたようなさざれ星に満ちていた。

「元気にしてるのかなあ。あのいやな爺いの変な塔から助け出してもらって、それから、芸人団になって旅をして。楽しかったなあ、あの頃は。たくさん見物人がいて、みんな僕の歌を喜んでくれて。リギアとグインが剣闘をして。一息ついたらまず一番に、サイロンでの冒険の話を聞かせてもらわなくちゃ。そういえば、スーティとフロリーはどうしてるだろ。パロを出るって言ったあの時は心配したけど、今となっては、そうしていてよかったよ。あの坊やが鱗お化けに追い回されるところは見たくない」

かれら母子が聖都ヤガでどのような事態に陥っているかは、神ならぬ身のマリウスには知り得ぬことだった。空腹が満たされて饒舌になったマリウスが、あれやこれやと歌に織り込む形容詞や韻を踏む言葉の組み合わせをひとり試行錯誤するのを横目に、リギアは焚き火の前で黙して膝を抱え、その目の端でヴァレリウスをのぞき見ていた。

魔道師宰相は脂の白く固まった器を手に持ち、機械的に口を動かしながら、しきりに匙をおいてもう一方の手に指を走らせていた。まがまがしい女神像の刻まれた、青い貴石の指輪。ヴァレリウスは自分のしていることにまったく気づいていない様子で、その目はリギアの凝視にも気づいた様子もなく、ただ遠い木の間の闇のむこうを見つめている。

（あの男は絶対に何か隠しているわ）

焚き火は埋《うず》み火となり、灰の奥で熾《おこ》った炭がときおりかすかな音をたてて崩れるばかり。月は天のなかばをすぎ、逃亡者たちは入れ替わりに見張りに立ちつつ、久方ぶりに地面に横になっての休息を楽しんでいた。

安全な小屋の二階には非戦闘員のマリウスとヴァレリウスがあげられ、他の兵士たちは、万が一のために小屋を囲んで野営していた。それぞれにマントにくるまって立木にもたれる者、熾火にあたりながらうつらうつらと船をこぐ者、愛馬たちの間で暖をとりながら眠り込む者。誰も手元から武器を放しはしなかったが、長くきびしい行軍の疲労に、ようやく癒しの一時を得て、安堵した雰囲気があたりに漂っていた。

リギアは目覚めて毛布とマントにぴっちりとくるまり、歩哨の一人として闇に目をこらしていた。

ブロンはマリウスやヴァレリウス同様、リギアにも小屋に入って休むよう勧めたのだが、リギアは拒否した。彼女は騎士であり、戦士だった。愛する祖国がふたたび憎むべき敵の魔手に落ちた今、なすべきことは決まっていた。戦い、敵を打倒すること。

心臓の一打ち、呼吸のひとつごとにも彼女は戦っており、実際に何者かと対峙して剣を振るう瞬間だけが戦いではなかった。聡明な頭脳の中ではさまざまな考えが忙しく動き回り、あれこれと仮定や推測を重ねて、少しでも敵より有利な立場を占めようとする兵士としての思考が形をなしつつあった。耳と目をすまし、全身の感覚を夜にむかって開きながら、リギアは、夕食の席でしきりに指輪をさすっていたヴァレリウスの、ぎこちない動きを思い出していた。

クリスタル宮内で何が起こったのかは、むろんヴァレリウスも話していた。女王との会見、そして突然のゴーラ軍侵攻。ひるがえるゴーラ旗と燃える都を目にし、失神した女王を輿《こし》に乗せて、ヤヌスの塔の奥に運ぼうとしたこと。いきなり自分だけがなんらかの魔道に捕まり、城壁の外へ飛ばされたこと。キタイの魔道師との邂逅と、相手の嘲弄の言葉。

だが、隠していることがある、それも相当に重大なことが、とリギアは確信していた。ヴァレリウスの語った話に穴はない。すべてつじつまが合っている。おそらく、嘘はついていないのだろう——必要とあらば平気な顔でありもしない理屈をでっち上げるのは宰相として大切な能力だが、ヴァレリウスもそれに欠けてはいない。少なくとも、政治的、政略的な面では。彼の明敏な頭脳に加えて、魔道師という一風変わった身分が、常人よりも複雑な思考の小道をたどり、迷路を構築することを可能にしている。

だが、公的ではなくごく私的な何か、こと自らの感情に関しては、隠すのがあまり上手くはないのだった。いつだったたか、水上の店で、魚の香草焼きを食べながら、さんざんからかってやったことを思い出す。人まじわりせぬ魔道師、それも、孤独な学究を好むヴァレリウスの性行は、理屈と損得で計算できる宰相としての場ではごく冷静にすべてを操れても、自分と自分の感情に関することでは、まるで子供のように手元をおぼつかなくさせるのだった。

（あの指輪はどこかで見覚えがある）

リギアは眉間にしわを寄せて、どこで見たかを思い出そうとした。マリウスが見たら、せっかくの美人が台無しだよとふざけた口調で言ったにちがいない。

確かに、どこかで目にした記憶がある——ヴァレリウスの指にではなかったかもしれないが、いつか、ふと目に留めたような気がどうしてもする。思い違いでないことは、なぜか確信があった。きちんと見ることができなかったから、あの石に刻まれた女神像が何であるかを見分けるまでには至らなかったが、ひどく不吉な感じを受けた。

イリスやサリアなど、明るい女神ではよもあるまい。あるいは魔道師にとっては意味のある、異教の女神か精霊なのかもしれない、とも思ったが、理性ではない直感が、リギアにそうではないと告げていた。

あれは魔道師としての意味があるのではない、ヴァレリウス個人にとって、何かひどく重大で痛切な秘密を持つのだ。馬車でのつらい旅のあいだ、ほとんど体をのばすこともできず、むくんだ足から永久に靴が脱げなくなるのではないかと思うほど体がこわばっていても、ヴァレリウスはあの指輪を放そうとしなかった。それでいて、指輪のことには触れようとせず、誰かが尋ねようとすればさりげなく話題をそらした。

先ほどの、焚き火のまわりでの会議の時も、様子がおかしいことを指摘したマリウスに直接には応じず、言葉をにごしてブロンに話を持っていくことで答えをごまかした。

マリウスやブロンは見過ごしたようだが、あの時のヴァレリウスはひどく動揺していた。ひどく空腹であることはヴァレリウスとて同様だったはずなのに、みながつがつと平らげた兎の煮込みを、脂が固まってしまうまで気のないようすでつつき回していた。

魔道師は肉を好まぬものだというが、それだけが理由ではあるまい。贅沢を言っていられる状況ではないのだ。魔道師特有の栄養剤や体力増強剤を持ち出す暇もなかったようなのに、肉体的な欲求さえ忘れさせるなにが、あの指輪ひとつにこもっているというのだろう。

(嘘はついていない。ただ、言っていないことがある)

それも、ひどく重大なこと、おそらくは、ヴァレリウス一人ならず、この事件すべての背景にかかわること。クリスタル宮で何があったのか、キタイの魔道師に何を告げられたのか、そのすべてを、おそらくヴァレリウスは話していない。

もっとも上手な嘘のつき方は、全体については真実を語り、隠したいことを、不要な事実でもって覆い隠してしまうことだ。ヴァレリウスは今それをやっているのだとリギアは感じた。

だがなぜ？

なんのために？

「誰？」

闇のむこうで動くものの気配を感じ、リギアは鋭く声をかけた。

気配の主は、打たれたように立ち止まった。木の間からこぼれおちるわずかな星の光が、むきだしの細い肩とすねを青白く光らせている。

「アッシャじゃないの。びっくりさせないで」

剣に走らせかけた手をゆるめて、リギアはほっと息をついた。夜闇の中に震えながら立っているのは、短く刈った髪を少年のように逆立て、古毛布に穴をあけただけの粗末な胴着を身につけた、痩せっぽちの少女だった。冷たい地面の上で、裸足の指が寒そうに丸まっている。首筋にたった鳥肌さえ目に見えるようだった。

「馬車で寝ていたんじゃなかったの？　夜中に外へ出るのは危険よ。用足しなら、わたしもいっしょに行ってあげる。でも、どうして小屋で寝ないの？　あっちのほうがずっと居心地がいいし、暖かいのに」

「騎士様」

　かぼそい声で少女は言った。

　クリスタルを逃れる際、ずたずたになった両親の死骸に守られて倒れていたのを、救い出された娘だった。

　十五歳だと言ったが、十二、三歳と言っても通るくらいに小柄で細かった。救い出されたときはひどく頭を打ち、両親の血で全身真っ赤に染まっていたが、幸いなことに、命に関わる傷は負っていなかった。馬車に乗せられてリギアたちとともに都を脱出し、意識を取り戻したときには、すでに彼女の故郷と両親は、木々のむこうに見えなくなっていた。

　目覚めたときは状況が把握できずに取り乱したものの、いったん落ち着かされ、前後を説いて聞かせられると、不気味なくらい娘は静かになった。血と泥でごわごわの体を洗われ、あまりにももつれているせいで髪を短く刈るしかないとなったときも、無抵抗だった。

　きつくからまった髪房を短剣で切り落とし、丸坊主に近くなった頭を洗い流すと、それまでの汚れきった姿からは想像もつかないほどの燃えるような鮮やかな赤毛が現れて、リギアたちを驚かせた。

　最初に見たときには薄暗い宿屋の厨房だったこともあり、リギアたちもしっかり彼女の顔を確認するまでには至っていなかったが、血と泥に加えて長年の汚れを落としてしまうと、細いとがったあごと大きな目、少し上向いた鼻、弧を描く鼻梁に散った茶色いそばかすという、どこか子猫めいた顔立ちであることが明らかになった。

きわだって特徴的なのはその眸で、淡い若草色にきらめき、ある種の甲虫の前翅のように、角度によって金属的に光をはじいた。鮮やかな赤毛とあいまって、どことなく人の心を騒がせる顔だった。

いま、娘はその眸《ひとみ》に奇妙な光をたたえてリギアを見つめていた。リギアは注意深く見返した。

「何の用？　もうみんな寝ているわ。あなたはまだ身体が治りきっていないんだから、ちゃんと寝ていなくては駄目よ。どうしても小屋に入りたくないなら、早く馬車に戻って寝直しなさい。寒そうじゃないの」

娘は答えずに首を振った。金属質の光を放つ眸が内側から光ったように思えた。

「あたしに剣を教えてください、騎士様」

リギアは答えず、眉をひそめた。

アッシャがそのようなことを考えているのはうすうす気づいていた。意識を取り戻してからも毛布をかぶったままほとんど口をきかず、食物も毛布の中で黙々と口にする程度しか動かなかったが、彼女の緑の目が、自分の剣に飢えたように注がれるのを、リギアは何度も感じ取っていた。

「お願いです、騎士様」

リギアが答えないのを知って、アッシャは焦ったように一歩踏み出した。胸に一振りの短剣を抱いているのに、リギアは目を留めた。竜頭兵に蹂躙《じゅうりん》されるパロで、彼女の父親にリギア自身が与えたものだった。父親はそれを利用する前に妻ともども竜頭兵に引き裂かれ、ただ娘だけは守り抜いた。助け出されて以来、娘はそれを手から放そうとせず、リギアも、無理に取り返さずにそのまま持たせておいたのだ。

「あたしは戦いたい。騎士様がたみたいに戦って、あいつらをやっつけたいんです。父さんと母さんを殺したあいつらを、皆殺しにしてやりたい。殺して引き裂いて、あいつらがやってきたドールの地獄の炎の池に放り込んでやりたい。お願い、騎士様、あたしに剣を。戦う方法を」

「駄目よ」

リギアの短い答えに、鋭く息を吸い込む音が答えた。緑に光る目がまたたき、一対の鬼火のように激しく燃え上がった。

「どうしてですか！」

アッシャは胸に短剣を抱きしめたまままた一歩踏み出した。

「あたしが女だからですか。ただの町娘だからですか。騎士様がたみたいに身分のない、下町の宿屋の娘だからですか」

「そうじゃないわ、アッシャ。いまは戦える人間がいたら誰であろうと一人でも多ければいいと思ってる、でもね」

リギアの声は疲れていた。

「剣をとって戦うのはあなたには無理よ、アッシャ。見てのとおり、わたしは女で、騎士で、剣をとって戦う女だわ。だから女だというのは断る理由にはならない、身分にこだわるのも論外、でもね、アッシャ」

たけの足りない間に合わせの胴着から出た小枝のような手足を悲しげに見つめる。

「わたしが女聖騎士伯と呼ばれるようになったのは、小さい頃から剣と槍を、馬と武術を学んで、戦士としての訓練を積んできたからよ。

あなたくらいの年にはわたしは、訓練場に出て男と馬上槍試合をしていたわ。ほかの貴族の姫君たちが刺繡針で布を突き刺しているとき、わたしは細剣《レイピア》で、敵に見立てたわら人形を突き刺していた。友達が舞踏会で踊るすてきな殿方を夢見ているとき、わたしが夢見るのは、どんな風に馬を操って、敵を無様に鞍からたたき落としてやるかだった。

あなたが相手にしているのは、そういう女なの。とても、あなたの考えているような相手じゃない」

「でも、でもあたしだって、練習すれば、きっと」

「十年、もしかしたら十五年あればきっと、ね」

　短剣にかけられた少女の指は震えていた。リギアは灼けるような相手の凝視から逃れるように顔をそむけた。

「でも、今すぐは無理。絶対に。そして今、悠長に誰かを訓練している暇はないの、特に、これまで刃物といえば、包丁か皮むきナイフしか持ったことのないような女の子ひとりでは」

　アッシャの肩が跳ねた。リギアはあえてそれを見ないようにした。

「そんなことをすればその子をただ危険にさらすだけじゃなく、この部隊全員を危地にさらす羽目になるわ。いまは一刻も早く逃げること、安全な場所に逃げ込むことが重要なのよ。

　あなたは戦うようにはできていないのよ、アッシャ。どうか馬鹿なことを考えずに、今は、身体を治すことだけに集中していなさい。サイロンに入れば、いえ、ケイロニアの国境を越えて安全だと確認できたらすぐに、あなたの身を寄せる先を見つけてあげるか……」

　最後まで言い終えることはできなかった。アッシャがいきなり胸に抱いた短剣を引き抜くと、鞘を振り捨て、泣き声をあげながらリギアに向かって突っ込んできたのだった。

　リギアはとうに襲撃を予期していた。背をまっすぐ立てたまま、右腕以外をほとんど動かすことなく、闇雲に振り下ろされた短剣をひと打ちで横へそらした。

手首を痛打されたアッシャは細い悲鳴を漏らしたが、あきらめることなく、剣をつかみなおして横から切りかかろうとした。

リギアはこれも右腕ひとつでさばいた。無理な姿勢でつっかかってきたアッシャの臑《すね》を払い、ふらついたところに、強烈な肘打ちを叩きこんだのだ。

アッシャの手から剣が落ちた。リギアはすばやく払いのけ、剣は手の届かないところに滑っていった。アッシャは打たれたわき腹を押さえて倒れ、身体を丸めて、弱々しく咳込みながらあえいでいた。

「わかったでしょう」

わきあがる憐憫《れんびん》を押さえながら、リギアはあえて厳しい口調をとった。

「あなたはわたし一人にすらかなわない。まして、あの竜頭兵どもには、一太刀だってあびせられない。

わたしと同じ、いいえ、わたし以上に訓練と実績を積んできた騎士たちさえ、あっけなくあいつらにやられたのよ。悔しいけれどわたしでさえ、ヴァレリウスとケイロニア軍の助けがなければ、ほかのパロの民同様、あいつらの腹に収まってた。現実を見なさい、アッシャ。両親を殺されて悔しいのも、悲しいのもわかる、でも今はあなたが助かって、このあとの生涯を幸せに生きることが、ご両親に対する最大の恩返しなのよ」

「幸せになんて、なれない」

荒い呼吸を繰り返しながら、アッシャは呟いた。冬の木枯らしのようなすすり泣きが彼女の喉を漏れて、地面の落ち葉をかさかさと鳴らした。

「なれるわけない。父さんと母さんはあいつらに殺された。あたしはそれを見てた。生きたまま引き裂かれながら、父さんも母さんもあたしを抱いて放さなかった。あたしは何もできなかった。目の前で父さんと母さんが喉を切られてはらわたを引きずり出されてるのに、怖くて怖くて、声を出すこともできなかった。

だから、あいつらを殺さないうちは、あたしは幸せになんかなれない。絶対になれない。あいつらを切り刻んで、燃やして、潰して、ばらばらにして、父さんと母さんと同じ目に遭わせてやるまでは、絶対に、絶対に、幸せになんかなれない」

「リギア殿？　どうかしたのか」

いぶかしげな声がした。野営地を横切って、同じく歩哨についていたブロンがこちらへやってくる。

「何か、争う気配がしたようだが……」

「なんでもないわ。アッシャが悪い夢を見たから、なだめていただけ」

視線をそらしたまま、リギアは言った。地面に転がった剣と、うずくまって泣いているアッシャを見て、ブロンは大方を悟ったようだった。

「ブロン殿、アッシャを馬車まで送っていってあげてくれるかしら。また怖い夢を見ないように、誰か戸口の前に立たせてあげて。うなされて、森の中にさまよい出てしまうといけないから」

「ああ、わかった、そうしよう。ほら、立ちなさい」

ブロンは優しく声をかけてアッシャを立ち上がらせようとした。

だが少女はむせび泣きながらブロンの腕を振り払い、よろめきながら立ち上がって地面に落ちた剣をつかむと、ふらふらと走っていって馬車に飛び込み、激しい勢いで扉をしめた。かすかな泣き声が、戸板を通して夜の静けさを伝わってきた。

「可哀想な娘だ」

黙って見送ったブロンが、ぽつりと言った。

リギアは返事をしなかった。正しい対応をしたと信じてはいたが、するどい罪悪感がアッシャの手にした短剣のように、胸の深いところを刺して、脈打つように疼かせていた。

3

「リギア殿」

せっぱ詰まった低い声に、リギアははっと目を覚ました。

歩哨を交代してもらって、木の根かたに丸まったまま、落ち着かない眠りに入ったばかりだった。ようやく迷い込んだ眠りも、ずらりと並んだ牙や、血まみれの娘や、泣きながら走り去る小さな白い足の裏などの幻影にまどわされがちだったので、呼び声も最初は夢と区別がつかず、まばたいて眼前にブロンの緊張した顔を見るまでは、少しぼんやりしていた。

「ブロン殿？」

ケイロニア騎士の顎のひきしまった線がリギアに危険を知らせた。冷水を浴びたように頭の霧が晴れた。すばやく身を起こしながら剣を引き寄せ、「何があったの？」と早口に訊いた。

「ヴァレリウス殿が、何か禍々しいものの接近を関知なさいました」

同じく早口に言いながら、ブロンの目は油断なく左右にいそがしく動いて敵の襲撃に備えていた。

「ヴァレリウスが？　敵なの？　じゃあ何か魔道の――もしかして、竜頭兵が追ってきたとか」

口にして、ぞっとした。もしこの夜の森の中で竜頭兵の大群に包囲されたら、逃げ場はない。今度こそやられる。

「いえ、竜頭兵の気配ではないそうです」

ブロンは頭を振ったが、緊張した顔は崩さなかった。

「しかし、なにか邪悪な、明らかに中原の魔道とは違う何者か――おそらくは、キタイの竜王につながる何者かと」

「あたしたちが気を抜いて足を止めるのを待ってたっていうわけ？　上等だわ」

跳ねるようにリギアは立って、手早く剣をくくりつけ、股に巻いた投げナイフの帯を確かめた。

「ヴァレリウスとマリウスは？」

「一足早く馬車にお移りいただいて、いざとなればわれわれが敵を足止めしている間に馬車だけでも逃れられるよう算段している最中です。他の者は仲間を起こし、松明と弩《ど》弓《きゅう》の準備をよびかけて回っています」

「矢は足りるの？　武器は？」

ブロンは何も言わなかった。それが返事だった。

リギアは勢いよく呪いの言葉を並べ立て、ブロンとともに、野営地の真ん中へ出て行った。

休息していた騎士たちのほぼ全員が起きて、あわただしく動き回っていた。埋み火になっていた焚き火から松明に火が移され、燃え殻は踏み消された。ひととき静寂と薄闇に沈んでいた森に、ふたたびざわめきと揺らめく火灯りが動き回っていた。謹厳なケイロニア騎士たちの顔にもさすがに疲れと緊張がみなぎり、動き回る影が、いまだ姿を現さない敵の先兵のように、木々の間で怪異な姿を見せる。

小屋の扉が開いており、戸口をふさぐようにヴァレリウスが立って、松明に照らされながら目を細めていた。リギアは足早に近づいた。

「リギア殿」

むこうから先に気づいて呼びかけてきた。リギアは多くを言わず、ただ一言、「数は？」と問うた。

「わかりません。――いや、本当にわからんのです」

リギアは顔をしかめた。ヴァレリウスがあわてて言葉を継いだ。

「一つかと感じる時もあれば、恐ろしく多数に感じることもある。まるで、巨大な何者かが分裂と融合を繰り返しながら近づいてくるように思われます。おそらく〈竜化の禍〉と根はひとつのものでしょうが、竜頭兵そのものではない。あれらはこんなにクリスタルを遠く離れることはできない、しかし、何者かが……」

「つまりは敵ね」

口ごもりながら続けようとするヴァレリウスを遮って、リギアは森の深部にわだかまる闇を見透かすように目を凝らした。すらりと剣を抜く。

「どの方向から来るの？　後ろ？　前？　右、左？」

「それも不明です。私も必死に見定めようとはしているのですが」

ヴァレリウスは下唇をかんで額にしわを寄せている。仮にもパロの上級魔道師が、接近してくる敵の数も方向も探知できないとあって、もどかしくも腹立たしい思いをしているらしい。

「数も方向も、瞬時に入れ替わったり分裂したり融合したりで、まったく一つに定まらないのです。あらゆる方向を警戒する必要があります――ノスフェラスのイドのように、われわれを全方向から押し包んでくる可能性がないとも限りません。あってほしくはないですが」

「当たり前よ」

考えただけでもぞっとする。ただでさえ騎士たちはみんな疲れているし、人数も少ない。剣はこぼれ、弩弓の矢もほとんどない。枝を削って臨時の矢を作るにしても、敵がそれだけの余裕を残してくれるかどうか。

松明が音を立てて燃え上がり、騎士たちの影をいくつもに増やした。張りつめた空気があたりにみなぎった。戦いを前にした緊張のみならず、もっと異常な、もっと狂気めいたもの——闇の底で蠢く何者かの放つ、独特の気配が充満していた。それは清浄な夜の森の空気を糜爛《びらん》させ、膿み膨れた腫瘍のように今にもはじけて、汚濁に満ちた中身をぶちまけさせようとしていた。

巨大な手がさっと空をよぎったように、月が雲に隠れた。森は一瞬にして闇に閉ざされ、松明の炎が獣の瞳のようにまたたいた。

その瞬間に、——それは来た。

暗黒の中で、何かが大きく膨らみ、うねるのをだれもが感じ取った。目に見えるのではなく、その内側に蠢くものの凍りつくような気配に背筋を撫でられて気づいたのだった。喉の奥から自然にせりあがってくる恐怖と嫌悪のうめきを押し殺して、リギアは剣を構えなおした。

いつの間にかヴァレリウスが小屋の戸口に立っており、古代ルーン語で何事かを声高く叫んだ。魔道の呪文か単なる呪いの言葉か、リギアには判断がつかなかった。その時には、破れた闇の傷口から、膿のようにしたたり落ちてくる敵の吐き気をもよおす姿に、目を奪われていたからだった。

それは半ば消化された動物の固まりに見えた。多くの生き物が丸飲みにされ、胃の中で溶かされたのちに、吐き戻された吐瀉物《としゃぶつ》の固まり。

だが、それらは生きていた。どろりとした半透明の粘液、あるいは膜でひとかたまりにされたその者どもは、形もさだかでない目や口を動かし、手足を振り、燐のような青白い光を放ちながら、声もなくこちらに何か呼びかけるように見えた。

「偉大なる豹頭王の剣にかけて、キタイの悪魔に呪いあれ！」

リギアに並んで剣をかまえながら、ブロンが呻いた。

「あれは人間だ――人間の固まりではないか！　牛や馬も混じっている、だが、まぎれもなく人間の……」

その通りだった。今や、リギアにもはっきり見えた。家畜や犬猫などの動物もかなり混じってはいたが、その大半は、人間の身体の部分が、その不定形な怪物を構成する部品だった。

ばらばらにされた手足や首、目、頭、胴体、あらゆる場所あらゆる破片がでたらめに継ぎ合わされ、膿めいた乳白色に光る粘体に取り込まれて、知性も意識も持たぬようにぶよぶよとうごめき回っているのだった。

ぽっかりとあいた口から白い液体が出て、ほかの頭のくり抜かれた目に流れ込んでいた。断ち割られた腹からあふれたはらわたが輪郭を崩しながら、牛の頭部のだらりとはみ出した舌をくわえ込んでいた。鳥の翼の一方がでたらめにはばたく下で、なかば骨になった馬の足が宙へ向かってあがくように何度も蹴りを打っていた。あどけない少女の顔が、布を絞るようにひねられた何者かの胴体につけられて狂笑を放っていた。子供の手が花束のように十数本まとまり、生きた花めいて、握った手を開いたり閉じたりしていた。自然、秩序、正気、理性、そういった善きものすべてに、嘲弄の笑いを投げつけるために作られたかのような怪物だった。

騎士の一人が叫びとともに切ってかかった。剣は深々と怪物の真ん中に突き刺さり、そこにあった眠っているような幼児と、女の顔を切り裂いた。

とたん、女の顔は目を見開いて耳をつんざく恐怖と苦痛の悲鳴をとどろかせた。騎士は身を震わせてまばたいた。剣でまっぷたつにされた幼子の頭が、泣くこともできずに、小さな花のような唇を動かしている。

「ああ」彼は思わず何もかも忘れたように剣から手を離し、懇願するような色を浮かべる幼子の顔に手をさしのべようとした。とたん、

「退け、愚か者！」

ブロンの声が飛んだ。

ほとんど反射的に命令に従った騎士は剣を引き抜いて後ろへ跳び、はずみで倒れた。仲間の手が何本も伸びて彼を陣地に引き戻した。彼は倒れたまま、悪臭ふんぷんたる体液にまみれた剣と、身体から仲間がやっきになって引きはがしている軟体動物めいた触手をあっけにとられて見ていた。

幼子の顔は半分に断ち割られたまま まだ救いを求めるように口を動かしていたが、その周囲から延びた青白い触腕が、引きちぎられた先端を波のようにうねらせながら、奪われた獲物をさがして虚空を探っていた。

どこからか、不気味な笑い声が流れてきた。浮き足立つ騎士たちを、はっきりと嘲る響きだった。リギアは歯を食いしばった。

「撃て！」

ブロンも吠えた。がっちりした顎の線が、怒りに厳しく引き締まっていた。

「弩弓隊、撃て、焼き尽くせ！　あの怪物を野営地に近づけるな！」

炎をあげる火箭《かせん》が闇を裂いて飛んだ。ケイロニア騎士たちは汗を流し、嫌悪と恐怖に身を粟立たせながらも、一歩も引かなかった。

炎の雨に打たれて、怪物は身をよじって吠えた。それは何百人もの人間の悲鳴と焼かれる動物の鳴き声に、さびた金属をこすり合わせる音をつき混ぜたような身の毛もよだつ響きだった。汚れた苦鳴は全員の鼓膜を毒針で突き刺したように痛ませ、下級騎士の中には、苦痛のあまり武器を取り落として耳をふさいだ者もいた。

『ケイロニアの騎士はまことに勇猛であられる』

姿の見えぬ敵があざ笑った。

『かつておん自らが守護していらした都の民を前にしてそうも非情にふるまえるとは。ご覧なさいまし、人々は、あれほど悲しんでおりますのに』

一瞬、動揺が騎士たちの間を走った。リギアの手が痙攣《けいれん》した。

守護していた人々？　では、あれはパロの民なのか。あそこで、生を冒瀆するために作られたかのようなものの中で、もがいているのは。

あの何本もに枝分かれしたような足は、かつてパロの白い石畳を踏んだ足なのか。あそこで両目から白い涙をあふれさせている少年の目は、パロのクリスタルの塔をあこがれをこめて見上げた目なのか。いくつもの猫の頭と溶け合い、白髪を海草のように逆立てている老婆の顔は、花咲く庭で遊ぶ孫と子猫たちを愛情込めて見つめたものなのか。

「耳を貸すな！」

ブロンが怒鳴った。リギアはびくっとして彼を見上げた。

頬を震わせ、目を血走らせながらも、彼の姿勢は揺らいでいなかった。冑の下から細く血が流れている。鼓膜が破れたらしい。しっかりと両手に大剣を構え、苦しげにもがく怪物の青白い炎を見据えながら、

「たとえあれがパロの人々のなれの果てであろうと、死してなお、さらにその肉体を辱められているならば、なおさら放ってはおけぬ！　あの不浄な怪物を焼き払い、死せる人々を汚れた術から解き放つ、それがわれらの務めだ！　手をゆるめるな！」

力強い一喝が一同の頭上をゆるがした。騎士たちの頬からひきつった恐怖が水のように抜けていった。リギアもいったん萎えかけた手に、新たな力と怒りがこもるのを感じた。

そうだ。わざとパロの人々を道具に使ってこちらの意気を殺ぐ、それが奴らのたくらみなのだ。竜頭兵の種子として利用されたパロ市民を、これ以上敵の好きに扱わせてたまるものか！

『おや、これは気の強い』

あやすような敵の嘲りにも、もはや騎士たちの手は止まらなかった。ありったけの火箭が飛び、腐肉のこげるようなすさまじい臭いと金属的な悲鳴があたりに充満した。従士たちは手当たり次第に枝を集めて即席の矢を作り、弩弓のわきに積み上げた。

ヴァレリウスは割れかすれた声で呪文を唱えている。白い閃光が走り、木の根を越えてこようとしていた怪物の先端に火花が散った。赤ん坊が泣くような声を立てて怪物は後退した。

ゆらめく光の壁が野営地のまわりを囲んでいる。金切り声ですすり泣きながら怪物は先へ進もうとするが、壁に触れるたび火花が散り、その周辺が蒸発する。さらに何本もの火箭が突き立つ。燃え上がる炎が、自ら放つ青白い光の中で身悶えする怪物のぞっとするような姿を照らし出した。

リギアは後ずさりして、ヴァレリウスとマリウスがいる小屋に近づいた。破れた壁から首を突っ込むと、二階へ続く梯子段の上に、夜目にもひきつったマリウスの顔が見えた。黙って隠れていろ、と手真似すると、すぐにひっこんだ。自分が出ていけば邪魔になると判断する程度の頭はあるのだ——あの小鳥の頭が、またもやこの危難を歌にしようというばかげた考えを起こさなければだが。

ヴァレリウスは戸口に立ちふさがって彫像のように動かず、額には、玉のような汗が浮かんでいた。両手で結んだ呪印を次々と組み替えながら、とぎれることなく呪文を繰り出している。リギアは怪物から目を離さないまま、すばやくささやいた。

「いけるの、ヴァレリウス？　あれもキタイの魔道の産物なんでしょう。竜頭兵みたいに、剣や斧でも切り裂ける？」

「それは……少し……難しい……ですな」

呪文を吐き出す合間に、途切れ途切れにヴァレリウスは答えた。術を組み上げることに意識のほとんどを持っていかれ、灰色の目はうつろに見開かれて、脂汗だけが生きもののようにくぼんだ頬に筋を描いている。

「相手は……キタイの魔道師……私も術を抑える策を……打って……抵抗してはいますが……相手も……」

「わかったわ」

ヴァレリウスの意識集中の邪魔になってはならないことに気づいて、リギアは退いた。

「とにかく、あれをなんとかしなければ、あたしたち先には進めないんだものね。それにパロの市民たちの亡骸を、あんな風におもちゃにさせておくわけにはいかないわ」

できることはここではないと判断して、リギアは踵《きびす》を返した。自分が役に立てるのは戦場で、剣で、炎でだ。たとえ相手が異界の魔道の産物であろうとも。

「槍を持て！」ブロンが怒鳴っている。

「接近戦は危険だ。槍のない者は、長い枝を手に入れて剣をその先にくくりつけよ。火矢のための木をもっと集めるのだ。われらが友の死を冒瀆するあの怪物を焼き尽くしてやれ！」

応、といっせいに応えた騎士たちの顔が、次の瞬間、一気に青ざめた。

今やまったくの闇に閉ざされた森の中にいくつもの青白い光が浮かび、二つ、三つ、四つ五つと、新たな闇の怪物が、ずるりとこの世に押し出されてくるのが見えたからだった。

背を向けて駆け戻っていくリギアの姿を、ヴァレリウスは赤くかすむ視界で見ていた。

（リギア殿……お逃げなさい……お早く……この相手は――）

『なぜ、口を閉ざしておられるのです、わが同僚よ？』

耳の中で甘い声がささやいた。それが自分にしか聞こえていないことを、ヴァレリウスは知っていた。

「カル・ハン」

呪文から呪文へ移る間に、ヴァレリウスは短く吐き捨てた。

「気安い口をきくな。俺は貴様の同僚などではない」

『おや、それでも、同じお方に忠誠を誓った身であれば、同僚とお呼びすべきでしょう？』

からかいの口調を崩さずに、カル・ハンの遠話は続いた。

『それとも、同胞とお呼びした方がお気に召しますか？　どちらでも、お好きにいたしますよ。なにしろあのお方の股肱の臣ですから、貴方は』

「黙れ」

『お望みならば。しかし、違うとおっしゃるのなら、なぜ今でもあの方の指輪を肌身離さず持っていらっしゃるのです？』

カル・ハンの声はいよいよ甘く、蜜のようにからみついてきた。

『あの方に捧げた忠誠と献身をお忘れですか？　そうではないでしょう。本当は今すぐにでも、あの方の足下に身を投げ出してその対の指輪をささげ、永遠の誓いを新たにしたい、そうお考えなのではないですか？』

ヴァレリウスはのどの奥で呻いた。追いつめられた野獣のように凶暴な、だが、絶望に満ちた音だった。

キタイの魔道師の誘惑はあまりにも甘く密やかで、ささやきそのものに心を操る魔道がこもっているかに思われた——が、それもまた錯覚でしかないことをヴァレリウスは胸痛むほどに知っていた。

彼の心をまどわすのは彼自身の記憶であり、思いであり、あの短い夏の日々の輝く光の影にほかならなかった。きつく閉じた瞼の裏で、それらは手を取り合って踊り、まばゆい光と喜びの楽を奏でて、こちらへ手をさしのべてきた。

青く輝く貴石の指輪。そこにはめ込まれた対の死と復讐の姉妹が、無慈悲な微笑をこちらに向けている。ひしめきあう群衆があげる歓呼のむこうに、すらりと高く立つあの人の姿が見える。心と力を合わせて追った、夏の短いきらめきの夢。

だが目の前ではのたくる悪夢の塊が、じりじりと人々を追いつめていく。生と死双方を冒瀆する呪われた怪物が、吐瀉物めいた肉体を引きずりながら騎士たちを包囲し、木こり小屋を中心としたせまい場所に押し込めつつある。枝を集めに行くため森に入ろうとした若い従士がさっとのびた触手にとらわれ、あやうく仲間に引き戻された。

まだ軽い胴鎧しか許されていない若者たちは身を寄せ合い、恐怖を見せるまいと、懸命に剣に手をかけている。彼らの緊張した若々しい顔が、いつか見た日の光景に重なる。

『聖王ばんざい！　聖王ばんざい！』

記憶の彼方から響く声は、彼自身の喉から漏れているようでさえあった。

『聖王アルド・ナリス陛下、ばんざい！』

「やめてくれ！」

ついに呪文をとぎらせて叫び、ヴァレリウスは顔を覆った。膝が崩れ、両肩が地面についた。額を土に押しつけ、肩を押さえつけて彼は狂ったように泣き叫ぼうとする己を最後の理性で止めた。

『ほら、貴方はちゃんとわかっていらっしゃる』

キタイの魔道師がひそやかに笑った。

『さあ、わたくしとともにおいでなさい、わが同胞よ。この混乱の中では、貴方がいなくなったところでだれも気づきはしません。気づくような人間も残しはしませんがね。お気になさらずとも、リギア聖騎士伯と、アル・ディーン王子については安全を保障いたします。お二人とも、貴方様同様、あの方にとっては大切なお方ですから。しかし、あの小うるさいケイロニア兵どもは違います。あれらをまず始末して……』

ほとんど息づかいが耳に触れるほど近く聞こえていたカル・ハンの声が、ふいに喉を引き裂かれた野獣めいた叫び声に変わった。

ヴァレリウスは跳ね起き、水をかぶったようにぶるっと頭をふるった。汗の滴が飛び散り、視界にくらくらと黒い点が飛んでいる。頭が重く、吐き気がした。騎士たちがあわただしく動き回り、その中に、リギアの高い声が響きわたった。

「アッシャ！」

そしてヴァレリウスは見た。言葉にならぬ叫び声を長く引きながら、うねくる怪物どもに向かって突進していく、痩せた赤毛の少女の姿を。

「アッシャ！」

自分のわきを矢のように通り抜けた小さな姿に、リギアは目を疑った。

「アッシャ！　何のつもりなの、もどってらっしゃい！　アッシャ！」

少女はとまらなかった。奇妙な光沢を持つ翠色の目を炎と燃え立たせ、手にはかつてリギアが彼女の父に与えた短剣を振り上げている。

か細い手首は装飾的な短剣の重みにさえ折れてしまいそうに見えた。むきだしのひざ小僧が土にまみれ、短い貫頭衣はゆらめく松明と魔道の光と化け物の放つ青白い微光で異様な色に燃えた。

開いたままの馬車の扉が、きしみながら揺れていた。襲撃騒ぎで、馬車で泣いていた娘のことなど、みな頭の中から飛び去っていたのだ。リギアが伸ばした手はむなしく空をつかんだ。

「返せ！」

張りつめた、叩けば砕けてしまいそうなガラスの声が叫んだ。

「返せ、キタイの化け物！　あたしの父さんを、母さんを、返せ、町の人を返せ、みんなを、返せ……！」

「アッシャ、いけない、戻りなさい！」

「撃ち方やめい！」

ブロンは怒鳴り、部下に火箭を控えさせた。

「娘に当たる。魔道の結界から出る前に、あの娘を連れ戻してこい！」

数人が応じて飛び出したが、甲冑を鳴らした騎士たちより、痩せた少女の動きのほうが何倍も早かった。両親と家、それまで親しみ愛してきたすべてのものを奪われた怒りが、少女の足に翼を与えていた。

細い足がひらめき、一息に結界をまたぎ越えた。あとを追った騎士たちはたたらを踏んで停止した。

すぐ目の前に、怪物の巨体があった。

今やそれは合体し、はじめは人間の背丈に少し勝るばかりだったものが、高い木の梢をかるがると越えるまでになっていた。野営地の四方から這いずり寄った死骸の合成物は、人々を一ヵ所に押し固めたのち、一気に飲みこもうとでもいうように、黒い夜空を覆わんばかりに伸び上がっていた。白い粘液めいた肉の間に、冒瀆された死者たちの断片がはげしく浮き沈みし、声もなく叫び、わめき、むせび泣いていた。

最後の結界をひと跳びで越え、少女は、一筋の生きた炎の矢のように、叫びながらそのど真ん中にまっすぐぶつかっていった。

怪物は身震いし、上体――不定形な質量の上半分――を、いぶかしむかのように折り曲げた。少女は切れ目なく叫びつづけながら手の短刀を怪物の身体に沈め、身体もろとも、ずぶずぶと押し込んでいく。

怪物は小虫をとらえた食虫植物のようにさっと展開し、少女を抱き込んだ。おびただしい触手が少女をとらえ、短い赤毛はおぞましい肉と肉のあいだに見えなくなった。

「ああ」リギアは叫んで顔をそむけ、ブロンは、血が出るほどに強く唇を噛みしめた。

だが、次の瞬間――

あらたな光が生まれた。それは怪物の白いおぞましい肉を半透明の雪花石膏《アラバスター》のように浮き上がらせ、中に閉じこめられたさまざまな生物の遺骸を化石めいて浮き上がらせた。

すべてが動きを止めた。怪物も、騎士たちも、リギアも――ヴァレリウスも。

彼は後方で土に両膝をついたまま、憑かれたように、光に浮き上がる怪物を見つめていた。ほどけた呪印が半端な形で両手に残っていた。意識の底からカル・ハンの苦痛と呪いの声がこだましつつ消え去っていくことも、彼は、ほとんど意識していなかった。

怪物はほんの数瞬、そのままの形で凍りついていた。内部からさす光が白々とその肉をすかして輝きわたり、松明の炎を飲み込み、ヴァレリウスの魔道の光すらいつかかき消して、まばゆいばかりに森の闇を満たした。半透明に変わった肉の奥で、小さな影がわずかに動くのが見えた。

そしてまばたきの瞬間、怪物は、爆発した。

音もなく爆風もなく、ただあたりを覆ったまばゆい閃光が、人々の目をくらませた。てんでに顔を覆い、目を隠したケイロニア騎士たちとリギアは、声も立てられず、ただすさまじい見えない力の暴風が、周囲を荒れ狂っていることだけを知覚した。

しばし、明々と森を満たした光が、やがて脈打ちながら消えていくのに従って、彼らはおそるおそる手をおろして、あたりを見回した。

何もなかった。

怪物はいなくなっていた——わずかな肉片さえも残っていなかった。呪われた亡骸の塊はすべて消え失せ、かすかな、夏草に似た芳香が、あたりに漂っていた。

そして、少女がいた。片手に剣を握ったまま、少女は頭を木の根方に乗せて、手足を投げ出すように倒れていた。

「アッシャ！」

リギアが飛び出して、抱き起こした。口元と首筋に手を当てて、ほっと息をつく。

「無事よ。生きてるわ」

「いったい何が……」

近づいてきたブロンがあきれたように言い、首を振った。まだ燃えている松明や、削りかけの矢を手にしたケイロニア騎士たちが少しずつ近づいてきて、消えようとしている魔道の輪と、リギアの膝の上でゆっくりと呼吸している赤毛の少女を、畏怖するような目で見た。

「どうなっているのだ、リギア殿。私はこの娘が死んだものと思った。あの怪物に取り込まれてしまったものだと。だが、怪物は消え、娘は生きている。何が起こったのだ？この娘は、魔道師か何かなのか」

リギアは無言でかぶりを振った。理解できないことだった。アッシャはただの宿屋の娘だ——そのはずだ。彼女自身にも、パロの中でも下町の、ごくささやかな宿屋で、芋剝きやスープの鍋をかき混ぜることにあけくれて育った、ただの娘にすぎないはずだ。

なのに。

「どういうことなの、ヴァレリウス」

人をかきわけ、かきわけ、よろよろと近づいてきた魔道師に、リギアは非難のこもった声をかけた。

「あなたがこの娘に何かしたの？　アッシャがあの怪物に飛び込んだ瞬間、ものすごい力を感じたわ。あたしに魔道の才能はないはずなのに、それでも、肌に感じるほどの強烈な力よ。どうやってあんなことをしたの、ヴァレリウス？　それに、こんな女の子に、あんな危険なまねをさせるなんて、いったいどういうつもりなの」

厳しさを増すリギアの詰問は、ヴァレリウスの耳にはほとんど届いていないようだった。

彼はとり憑かれたように、アッシャの小さい、子猫じみた顔を見つめていた。パロを出て以来、苦痛と悔恨に沈み込んでいた灰色の目に、はじめて、ゆっくりと、別の色が動き始めていた。

第三話　闇へ降りゆく

1

「それじゃあ父《と》っさん、ここの衆にようく面倒を見てもらうんだぜ」

　老人は耳に入ったようでもなかった。たてた膝に顎と手をあずけ、うらうらと陽の当たる裏口の石段に座って、ぬくもりを楽しむこととしか感じても、思ってもいないように見える。

　ほかのヤガの建物と同じく、白い大理石の真四角な建物の裏口は、やはりほかの場所と同じくちり一つなく清潔で、石の隙間に生えたささやかな草の若芽を、茶色い小鳥が一羽遠慮がちにつついているばかりだった。

　昼をとうに過ぎて、〈ミロクの兄弟の家〉の裏庭は人影もない。先ほどまでは昼食を用意する人々の出入りも多少はあったが、午後もおそい今では、日が沈んで夕食の準備をする刻限になるまでは、静かなものだろう。

ブランはさらに声を高めた。

「俺はこれから、ミロク様の大神殿にお参りしてくっからな。父っさんの病が治るように、ちゃんとミロク様にお願いしてくっから、ここでじっとしてるんだぜ。な、わかったか」

やはり老人は惚けた笑みを浮かべたまま、縁の赤くなった涙目を小鳥に向けているばかりである。

ブランは大きくため息をつき、農民の若者らしくそっと老父（ということになっている相手）の肩を叩くと、くるりと背を向けて歩き出した。

息子（これも、そういうことになっている相手）が去っていったのも、老父は無視した。つい振り返って駆け戻り、本当にあんたはあのイェライシャなのか、俺をなぶって楽しんでいるんじゃないかと、胸ぐらをつかんでゆさぶってやりたくなる気持ちを、ブランは腹に押し込めた。

スカールとスーティを〈隠れ家〉に忍ばせたのち、ミロク教徒の親子連れに変装したブランとイェライシャは、ドラス連山のはずれの片田舎から来た農民ということで、別のミロク教徒の団体に迎え入れられた。

彼らはトラキア自治領から来た実直な商人をかしらにした集団で、快く二人を仲間にしてくれた。老い惚けた老父とそれを養う孝行息子、という役割はきわめて彼らの心を動かしたらしく、何度もミロク教徒としての挨拶や問答をかけられ、ブランは内心大いに冷や汗をかいた。

なにしろ彼には、スカールにとってのヨナのような、ミロク教徒としての基本的なふるまいを教えてくれる相手などいなかったのである。

当初、カメロンの命を受けてヤガに潜入したはいいものの、スカールたちが直面したのと同じ異常事態に、ブランも出くわすことになった。ヨナのように助言してくれる相手もなく、ミロク教徒の服装は真似できても、そのふるまいや独特の慣習はとんと見当もつかない。

なにしろもとが、明るく開放的な沿海州の生まれで、なおかつ、カメロンのもとで自由気ままな船乗り暮らしの長かったブランである。何事につけ禁欲的で、争いや楽しみごとを退ける四角四面なミロクの教えというそのものが、まず肩が凝ってたまらない。

肉や酒が手に入らないのもこたえた。ここでもだれ一人導き手がいなかったのがブランの不運であった。スカールのように、ヨナのおかげで多少は肉らしいものを口に入れるあても見つからず、彼にとっては家畜の餌のように感じられる穀物や野菜料理を口に押し込みながら、海風の吹く船の上で回し飲みするうまいエールや葡萄酒、きつい火酒の喉を焼く味わいを、何度となく思い出しては嘆いたものだった。

それでも、ヤガで何かが起こっている、何かきわめて異常なことが、と感じ取るだけの勘は、やはりブランにもあった。

　いろいろ考えた末、口に布を巻きつけて、願掛けの筋があって無言の行をしている、人交わりも避けることにしているのでどうか捨て置いてほしい、と書いた紙を用意し、何か不都合があればそれを見せることにしてなんとか切り抜けてきたが、〈ミロクの新しき教え〉や、〈ミロクの騎士〉、〈ミロクの聖姫〉、〈五大師〉、〈超越大師〉などの、不穏な単語は座って耳をすましていれば、いやでも耳に飛び込んできた。

〈ミロクの兄弟の家〉には何度も誘われたが、絶対の危地を切り抜けてきた、私掠船の乗組員としての勘が警鐘を鳴らした。どうか世話をさせてくれと何度も懇願らしきことまでされたが、きっぱりと首を横に振り、人交わりを自らに禁じているという紙切れを振り立てて、一人路地の陰や、軒の下でマントにくるまって寝ることを繰り返してきたのである。

　結果的に、それがよかったのだった。何も知らないまま〈ミロクの兄弟の家〉に取り込まれていれば、いずれ正体が暴かれ、ヨナやスカールのようにつけ狙われる羽目になったろう。ゴーラの宰相カメロンの腹心を取り込むことができれば、パロの官房長官を洗脳するほどの効果は見込めないにしても、やっておいて損はあるまいと考えられたに違いないからだ。あとでスカールやヨナに、自分がどれだけ危ない橋を渡っていたかを教えられて、思わずぞっとしたブランだった。

そうして日々、あてもなく道をさまよい歩いては聞き耳をたて、街路をゆく人々の頭巾の下に目をこらして、フロリーやスーティの手がかりのかけらなりと見いだせないかと探り回っていたのだが、そんな中、思いがけず見いだした、パロのヨナ・ハンゼと黒太子スカールの顔には、さすがのブランも度肝をぬかれた。

パロのヨナ博士がミロク教徒であるということはなんとなく小耳に挟んでいたのだが、自由と戦いを好む草原の民であるスカールが、まさかミロク教徒として、この宗教都市にやってきているとは思ってもいなかったのだ。呆然としつつ、ブランとしては二人のあとを影のようについて歩き、交わされる会話に耳をすますしかなかった。

そして、彼らについて歩くことで、やっと首尾よく目当てのフロリー親子をも見つけだしたのだが、ヨナが草原の民につれられてヤガを抜け出すのを見送って、少し思案した。ひょっとしたら、自分も影ながら守護についたほうがいいのかもしれぬと感じたのである。ヨナとはさほど面識があるわけではなかったが、数日間にわたって見守るにあたり、彼の誠実なたちとまっすぐな知性に、心からの敬意を払うようになっていたのだった。

しかし、よく考えてみれば、あちらには優秀な草原の戦士の一団が護衛についている。自分一人が今さら加わるほどもあるまい。

それに、自分の任務はあくまでフロリー親子の発見と保護である。女と幼い子供を守って、このきわめて危険な都市になりつつあるヤガを脱出せねばならないスカールに力添えする方が、任務にも沿い、実態にもあっていると判断して、スカールについて居残ったのだった。

スカールたちの脱出行に、間一髪で間に合ったのは僥倖といったところだった。馬車のまわりに押し合いへし合いするミロク教徒たちに挟まれてなかなか動くことができず、しまいには馬車そのものを見失ってしまったのだ。

歯ぎしりしながらなんとかヤガをもがき出ることに成功し、地面に残るわずかな轍《わだち》のあとをたどって駆けた。心ばかり急いて、足が空回りするようなもどかしい追跡だった。

それでも、これと見当をつけた道にたがわず、スカールたちに追いついた――と見た瞬間、目に飛び込んできたのは、悲鳴をあげるフロリーとスーティに迫る、堆肥の山のような怪物の姿であった。

この瞬間、それまで押さえつけられていたブランの、戦士としてのすべての本能が瞬時に目を覚ました。彼は口の布と重いマントをかなぐり捨て、服の下にずっと隠していた剣を引き抜くと、ときの声を上げながらその場に突っ込んでいったのである。

結果、スーティ王子は守れたものの、母であるフロリーはあえなく怪物にさらわれてしまった。生死のほどすら、今は不明である。さぞかし悲しく、心細かろうに泣きもせず、じっと堪える幼いスーティの姿に、あらためてブランは打たれた。

加えてブラン自身、フロリー親子には借りがある。タイス行の道中で偽りの名を名乗り、親子を誘拐しようとしたことは間違いなく罪であり、正直で芯の強い彼女に人としての好意を抱くに至っていた今では、なんとかしてその罪を償うべきであると考えるようになっていた。

(グイン王のお力をお借りできればな……)

首に下げたミロク十字をひねりながら、ブランは内心ごちた。

しかし、ケイロニアの疫病の噂は、口伝えにヤガにも伝わり、ブランの耳にも届いていた。そうした事情があっては、たとえグインに助力を求める余裕があったとしても、彼の出馬を請うわけにもいくまい。

スーティは「グインのおいちゃん」のところへ行きたいと願っているようだが、サイロンを黒死病が席巻しているとあっては、そのような場所に幼子を連れていくこともできないのはまた道理である。

さまざまに考え合わせて、いまできるのは、スカール、ブラン、それに助力に現れた大魔道師イェライシャの三人で、なんとかしてフロリー、そして同じく虜囚の身となっていることが判明したヨナを救出すること、そして、聖都ヤガに巣くう邪悪と、ミロク教の異変を、広く世に知らしめることしかないのであった。

(しかし)

ミロク大神殿に向かう道を歩きながら、ブランは胸中に呟いた。

（実際、妙な街だ。――スカール殿のお言葉ではないが、そう、「うさんくさい」場所だな）

ヨナが、パロの神殿や、その他のもっと現世利益を売り物にした神々をまつる聖地に思いくらべて感じたことを、ブランもまた感じていた。言葉にならぬまま、なんとなくいやな気持ちとして受け取っていたものを、形にされて指し示された気がしていた。

そうだ。この都市は「うさんくさい」。どうにもこうにも作り物のにおいがする。

形の上では殊勝らしく、宗教都市のなりを取りつくろい、禁欲的な建物の間をほとんど無駄口一つ叩かない人々が行き来する。たまに「ミロクのみ恵みを」という挨拶が聞かれるほかは、あちこちにある小神殿や、集会所から聞こえる唱名《しょうみょう》のほか、子供の笑い声ひとつない。

ブランの故郷ヴァラキアはにぎやかな都市だ。朝には漁師たちが一日のすなどりを求めて出航してゆき、子供らが駆け回り、おかみさんたちが焼きたての魚やガティの薄焼きを頭の上のかごに載せて売りにくる。朝帰りの酔客や娼婦があくびをしながらそれを買う頭上で、海鳥が鳴き交わしながら捨てられた昨夜の残飯を狙って飛び交い、鴉《からす》と争いを繰り広げる横で、こぼれた穀物をついばむ小鳥を狙って猫がこっそりと忍び寄る。

夜ともなれば街には紅灯が輝き、ぽん引きやえせ吟遊詩人、掏摸《すり》、こそ泥が街に繰り出し、酔ってふらつく水夫やぼんくら貴族の懐を狙う。石畳の街角に佇むのは、娼館に入らず小銭で身を売る安娼婦だ。白塗りの顔にきつすぎる香水を香らせて媚を振りまくその姿も、ヴァラキアという街のにぎわいの一つであり、生きて活動する都市の鼓動のひとつだった。

だが、ヤガにはそういうものが感じられない。行き来する巡礼や、神殿のきざはしを行き交う神官や頭を剃り上げた雛僧《すうそう》たちも、なにやら宗教的な雰囲気を飾りたてるための作り物に見えてくる。ごみ一つない道、どちらを向いても四角く画一的な建物、なにもかもがおそろしくしんとして、生気がなく、操り人形じみている。

その中で唯一、傲然として息づき、ゆったりとかまえているのが、ミロク大神殿——ブランの目の前で、夜の灯りに点々とふちどられて、浮かび上がりつつある巨大な建物である。

銅板張りの屋根は火灯りにいよいよ赤々と燃え、いよいよ巨大に、力強く見える。林立する尖塔がちらちらと影を落とし、丸屋根のタイルに反射した光がさらに複雑な陰影を帯びて、まるで一匹の大きな生き物がそこにうずくまっているかに見える。

ヤガに張り巡らされた道がすべてこの大神殿につながっていることをさして、スカールは、蜘蛛の巣の中央に座す大蜘蛛のようだ、と形容した。ブランはその意味を実感していた。回廊をちょろちょろ動き回っているミロクの神官は、まるでこの大蜘蛛に寄生する黒アリのようだった。

ミロク教という宗教の実際について、ブランが知っていることはさほどない。ただきわめて質実で、質素と正直、友愛と不戦を旨とし、豪奢や快楽を嫌う禁欲的な教えだというくらいの知識はある。しかし眼前にそびえ立つ大神殿の偉容のどこにも、そうした言葉に当てはまりそうなものは見あたらなかった。

オルニウス号の乗組員として世界の海をまわるうち、ブランにもそれなりの審美眼が育つに至っている。パロで生み出される繊細華麗な美術品はもちろん、海沿いのアグラーヤで作られる独特な貴石の彫刻や彫金細工、草原からはるばる運ばれてくる凝った絨毯、クム好みの古風で風変わりだが趣のある芸術や宝石、貴金属。

そうした最高峰の工芸美術を見ていた目には、ミロクの大神殿とやらは、ただ大きいだけの、表だけ金めっきした不細工な建物にすぎなかった。田舎者の目を驚かすには十分だろうが、ところかまわず突き立つ尖塔、ぎらぎらと目を射る銅張りの屋根に、派手な色使いのタイル張りの丸屋根といった寄せ集めの建築様式は、周囲のヤガの街が四角くて灰色一色なのもあいまって、ひどく不釣り合いである。

周囲を取り囲む線香売りや〈ミロクの種〉を売るみやげ物屋は、夜の参拝者のためにあかあかと店の灯りをともしていたが、おかげで、そこに並んでいるみやげ物の安っぽさがまた目につく。質の悪い紙にかすれた木版でミロクの像を刷り、泥絵具で毒々しく塗りたくった画像に、張り子の人形に金紙を貼りつけただけの尊像、石粉の練り物にけばけばしい色を塗ったお守り。けっこうな数の純朴な巡礼たちが、ありがたそうに、そんながらくたに大枚をはたいている。

かもにされている彼らに忠告してやりたい気持ちが動くのを抑えながら、ブランはゆっくりと神殿のきざはしをあがっていった。すっかり日は暮れ、灯火が神殿の輪郭を闇にくっきりと描き出している。柱に巻きついた神聖な獣の鱗がつや光り、生き物のようにうねって見えた。軒先の飾りのついた提灯が夜風に揺れ、ブラン同様、夜の参詣にやってきた信心深い人々の足下に、交錯する影をいくつも作り出した。

ヨナがキタイ風、と感じた鮮やかな赤や金を使った装飾は、ブランの目にはただ、おそろしく悪趣味で派手好きなおかみのいる、場末の女郎屋と映った。すべてがうさんくさく作り物くさいのも、漂う香のきつい臭い――女郎屋の甘ったるいそれではなく、線香の鼻を刺す臭いだが――も、実にぴったりだ。腹の底でブランは苦笑した。

（これで〈ミロクの聖姫〉とやらが、垂れ幕の陰からちゅっちゅっと舌を鳴らしてねずみ鳴きしてくれれば完璧なんだが）

スカールの話によれば、ヨナは、そもそもミロクの像をまつって拝んだり、神殿を築いたりすることそのものが、ミロクの教えに反するものだと言っていたそうだ。するとミロクの教えにまっこうから反するものが堂々と、聖都であるヤガの心臓部を占めていることになる。

周囲のみやげ物屋からしてそうだ。ミロクの像を金で取り引きし、儲けることなど、本来のミロク教からすればとんでもないことに違いないというのは、教えについてよくは知らないブランでも、容易に推測できた。

それのみならず、武器を取ることすら厭い、殺されるならば殺す相手のために祈りながら従容と殺されよとさえ教えるミロク教が、〈ミロクの騎士〉なる階級をつくるのみならず、〈五大師〉や〈超越大師〉なる、えたいのしれないものを抱え込んで、この赤々とした銅屋根の下に、なにやら不穏なものを息づかせている。

スーティを襲い、フロリーをさらっていったあの怪物も、おそらく、この下にいるのだろう。腰帯に挟んで、肌にぴったりと沿わせた薄刃の剣が熱を持つように思えた。あの時はたった一太刀しかあびせてやれなかった。今度出会ったら、あれを操っている〈ミロクの騎士〉だかなんだかともども、たっぷりと思い知らせてやるのだが——

「もし。もし、あなた。ミロクのご兄弟」

みやげ物の包みをかかえ、興奮したようすで低くささやき合っている巡礼たちに立ちまじって、おとなしげに足下に視線をおとしていたブランの袖を、軽く引くものがあった。

ブランの全身に緊張が走った。

「誰だッ」

むち打つような鋭い誰何《すいか》とともに振り向く。

だが次の瞬間、目に入ったのは、ぎょっとしたように目を見開いているまわりのミロク教徒たちと、おびえた顔であとずさる、一人の顔色のわるい、やせた小男だった。

「あ、ああ、申し訳ごぜえません、ご兄弟」

今、自分がとるべき態度について遅まきながら思い出して、ブランはあわてて身を低くして合掌し、一礼した。

「おいらミロクのみ教えに入って間がねえもんで、はあ――お許しくだせえまし。あんまり立派な、でけえお寺なもんで、すっかり度肝ぬかれて、礼儀ちゅうもんを忘れとりました。ご勘弁くだせえ」

「いや、いや、まあ」

およそ聞き知った中でもっとも田舎くさいしゃべり方を装ったブランに、声をかけてきた小男は安心したようだった。肩を縮めて、いかにも恐縮したような態度をとるブランに、にやにやしながらまた近づいてきて、

「すると、ヤガへはつい最近？　ミロクの教えに触れてすぐに聖都へ巡礼なされるとは、お若いながらなかなかご信心ですな」

「いや、はあ、まあそれが、おいらドラスの山のふもとで羊飼うとったもんですが、は

あ」

　ブランはいかにも田舎の若者が大きな街に放り出されてもじもじしている風をよそおって、

「おいらの父っさまが年食って、体の方はまだしっかりしたもんだが、頭のほうがだいぶんいけなくなっちまって、はあ——それで、こいつは体の方までいけなくなっちまう前に、父っさまがしょっちゅう行きてえ行きてえちゅうてた、ヤガちゅうたいそうありがてえとこへ連れてって、功徳のあるお経でもあげてもらうべえたら思うて、おいら連れてきただが、ミロク様の教えちゅうもんを守っとったのは父っさまと死んだ母っさまだけだもんで、おいらあここへ着いてくるのにちょいと人に教えてもろうたくらいで——びっくらするとつい、羊泥棒たらなんたら追っ払うときの癖が出ちまうのすよ。どうもはあ、申し訳ねえこって」

「いや、いや、お気になさらず。ミロクはいつでもご寛大であられます」

　ただの田舎者を相手にしているのだとすっかり思いこんだ相手は、余裕のある態度を取り戻して悠々と手を振った。

「それで、お父上はどちらにおられるのですかな？　見たところ、おひとりのようですが」

「はあ、ここの街に入ってすぐ、親切な旦那が〈ミロクの兄弟の家〉ちゅうとこへ入れてくだすって、そこで面倒みてくださるちゅうこって、おいら、父っさま連れてくる前に一度大神殿ちゅうとこにお参りして、様子見てくんべえと思うて、父っさま〈兄弟の家〉にお預けして、おいらだけ、ちょいと先にお参りにきたでのす」

「そうですか。それは、それは、お心がけのよいことで」

　小男はすっかり上機嫌になって、もみ手をしながら身を寄せてきた。ブランの長衣の袖をつまんで、物陰へ引き込みながら、声を低めて、

「それじゃあ、あなた、よい時に参られましたよ、ご兄弟。昼のご参詣では見られない夜のご参詣に、今でしたら、特別料金でご案内いたしますよ。たった三十タ－ですがね。それだけの値打ちがあることは、お約束いたしますよ。見たところあなたはお若くて、元気でいらっしゃるから、さだめし、ヤガでは華やかなものもうまいものも、酒も若い娘もなにもないと、内心あきれていらっしゃることでしょうが、そんなことはございません。普通ならとても見られない奥の院までご案内するのに三十ター、そうして、もしご希望でしたら、あと二十ターいただければ、もっともっと素晴らしい場所へご案内できるんですがね――〈ミロクの姫騎士〉さまがたですよ、あなた、めったに人前に姿を現さない、ミロクに選ばれた姫騎士さまがたのいらっしゃる僧院を、ちょいとお見せしてさしあげますよ。

　いやいや、もちろん中へは入れません、しかしですね、うまくすれば、窓から姫騎士

さま方のお姿くらいはちらりと、拝めるかもしれませんですよ——なにしろミロク自ら選ばれた姫騎士さまがたですから、お姿を一目拝むだけでも、きっと特別なご利益がございますとも。〈兄弟の家〉でお待ちのお父上にも、さだめし、よい影響があるに違いございません」

（こいつは、いよいよ女郎宿だ）

山出しの若者のぽかんとした顔をとりつくろいながら、腹の底でブランは大笑いしていた。

なるほど、女郎屋にはぽん引きが付き物だが、ちゃんとここにもいたようだ。以前ヨナを驚かせたような客引きの男が、うろうろしているブランに目をつけて声をかけてきたのだった。ちゃんちゃらおかしいとはこのことだ。色情を厭い、清廉をこととするはずのミロク教の聖地に、このような行為をするものが横行しているのは、ミロク教の変質を目の当たりにする、まさに手っ取り早い証拠というものだろう。

しかしブランはあくまでも田舎者らしく、そわそわとあたりに目をやって様子をつくろい、

「そら——そらまあ、滅多にねえ有難てえ話だこんだが、そいつあ、ミロク様の教えちゅうのに反しねえのすか？　父っさまはいつも、女に色目使っちゃなんねえ、贅沢しちゃあなんねえ、なんでも質素に、簡単にしなくちゃなんねえと、えれえ厳しかったこん

だが」

「ほう、〈新しきミロク〉の教えを、あなたはまだご存じないと見える」

小男は大げさに驚いてみせて、黄色い歯を見せてにやりとし、ブランのすぼめた肩を叩いた。

「ご安心なさい、ミロクの兄弟よ。あなたはまだ触れておいでではないかもしれませんが、今やヤガは、偉大なる変貌と再生の過程にあるのです。〈ミロクの兄弟の家〉においでになるのならば、近々、古きミロクではなく、これから中原を照らし出す光となる、新たなるミロクのみ教えに触れることもできましょう。

とにかく、これだけは申し上げておきますが、夜の特別なご参詣で、み教えに反するようなことなどいっさいございません、この私が保証いたしますよ——違ったら、この先永遠に泥の中の虫けらに生まれ変わることになっても構いやしません。むしろ、浄財を投じてミロク様の深いみ懐をかいま見ることで、あなたは、よりいっそうの功徳を積むことになるのです。今夜〈兄弟の家〉に戻られたら、すっかり元気になって、頭もすっきりしておられるお父上をごらんになるかもしれませんし。誰にわかります？　ミロクのお慈悲とみ力は広大無辺でございますよ。あなたがたった五十ターを投じることで、お父上は若いころのように明晰な精神を取り戻されるかもしれませんのですぞ、ご兄弟！」

（よく言うぜ、ぽん引き風情が）

心中ブランは悪態をついたが、表面はあくまでおとなしく、

「そら――そんじゃあまあ、お願いするでのす――正直おいらあ、あんまり大けなお寺すぎて、目が回って、どこからどう回っていいのかわかんねえでうろうろしてたとこで――案内してもらえるんだったら、こんなええこたあねえし――功徳がある、ちゅうんだったらよけいに――金だったら、羊売って貯めた金ちょいとばかり持ってきとるし――その――ああ――姫騎士さま、ちゅうのは、べっぴんさんなんだかね……？」

「ああ、それは、もう」

獲物が針にかかったと確信したのか、小男は仲間めかしてブランに肩をぶつけた。

「なにしろミロク様と直接お話しなさる、超越大師ヤロール様がじきじきにお選びになった方々ですもの、美人じゃないわけがございませんでしょうが。眼福ですよ、そりゃあ、一目見ただけで、寿命が十年は延びますとも。中でももっともお美しくて強いといわれる〈ミロクの聖姫〉様も、このごろ神殿へ戻ってこられたと聞きますしねえ」

（超越大師ヤロール――〈ミロクの聖姫〉、か）

ブランの目が頭巾のかげで鋭い光をおびた。

確か、グラチウスの話にもそんな単語が出てきていた。いずれにせよ、現在のミロク教の変貌に関して、重大な関係を持つ組織の中核の人間に違いあるまい。

姫騎士うんぬんはともかく、この男についていけば、目あてもなく広い神殿をうろうろするより、どこかでうまく撒いて、内部を探索する機会がつかめるに違いない。そういう意味では、五十ターくらい安いものだ。

「ミロク様のお恵みを、ご兄弟」

ブランがおずおずと懐から取り出した五十ターを受け取って、小男はいささか仰々しく両手をあわせて礼をしてみせた。ミロク教徒にはおよそふさわしくない鮮やかな手つきで金をどこかにしまいこみ、あわただしくブランを手招きする。

「さ、さ、お早く。ぐずぐずなさっていると、内陣から閉め出されてしまいますぞ。聞こえますか、あの鐘が。あれがたそがれの礼拝の合図です。あれにあわせて、高僧のかたがたはご自分の座にあがられ、夕方のお勤めを開始なさるのです。今のうちに、ささ」

せいぜい田舎者らしいぽかんとした顔つきでよたよた案内者のあとについていきながら、ブランは鋭い目で、ほかにも何人か、同じようにどこかこそこそした態度の連れにくっついて目をきょとつかせている、あか抜けない様子の信徒を見分けた。どうやらこういうぽん引きは、一人ではなく何人も巣くっているらしい。

ブランと小男、そして同類らしいミロクの巡礼たちは、一団となってミロク大神殿の赤く塗られた大扉を抜けた。内陣にはいると、これまた真紅の絨毯が敷き詰められた回廊が長々と延びている。それに香煙を立ちのぼらせる香炉やら、あかあかとした房つき飾りつきの灯籠《とうろう》の列が加わって、眩しいどころか、目にしみる。

　巡礼たちはその赤い回廊をゆっくりと進み始めた。ところどころに置かれた賽銭箱には、ぬかりなく喜捨を入れるよう促される。ばからしく思いながらも、ブランも目立たぬようおとなしく小銭を取り出して投げ込んだ。落ちた音からすると、すでに相当の金が入っているようだ。

「ええ、ではこちらへですね、ご兄弟……あ、これは」

　急に小男があわてた声になった。

　灯籠に照らされた赤い絨毯の上を、列を作って黄色い衣の僧がやってくる。列の先頭と最後尾には、マントの下に鎧を光らせた〈ミロクの騎士〉がこれ見よがしに警備についていた。

　隠れるのかと思いきや、小男のぽん引き（ブランは完全に相手をそう考えるようになっていた）は、うやうやしく脇にしりぞいて合掌し、深々と頭を垂れてみせる。ぼうっとしているブランの袖をひっぱって早口に、

「拝礼してください、ご兄弟、尊いお坊様方と、〈ミロクの騎士〉様方ですよ。これもまた、めったにお目にかかれない方々です。しっかり拝んで、ご利益をお受けなさいまし」

（教団公認のぽん引き、というわけか）

目を丸くしてその指示に従いながら、ブランは腹の中で唾を吐いていた。僧たちがさらさらと衣を鳴らしながら前を通り過ぎ、〈ミロクの騎士〉が鎧を光らせて着き従う。最後尾の一人が、ちらっと小男に目を投げた。男はいっそううやうやしく頭を垂れ、赤い絨毯に額をこすりつけんばかりにしてみせた。〈騎士〉は満足げな笑みをちらりとこぼし、また謹厳な顔を作って、粛々と列について進んでいった。

（どいつもこいつもぐるというわけか。なんという場所だ）

これならまだ、もったいぶって体裁をつくろわないだけ女郎屋のほうがはるかにましだ。僧たちの通り過ぎていったあとをまたひとしきり伏し拝み、またこそこそと赤い柱廊を進み出す一団に混じって、ヴァラキア人としてのブランは、頭の中で、思いつけるだけの罵声を僧と騎士とやらにむかって投げつけてやった。

小男がえへんと咳払いした。

「それでは、改めましてご兄弟方、ミロク様のありがたいみ教えについてご案内いたしましょう……」

先へ進むにつれて、柱廊はいよいよ派手に、いよいよ豪華に、ごてごてと毒々しいばかりに飾りつけられていた。

表ではまだしもミロク教らしい質実さを維持していた壁や柱はいちめん赤や青の色を

使った目のくらむような絵画や彫刻で飾られ、そこここに金箔がきらめいている。

絵画の主題こそ、ミロクが人々に対して祝福の手をのばしているところだったり、ミロクが降臨するという浄土を描いたものだったり、前世のミロクが飢えた虎に我が身を食らわせているところだったりと、ミロク教に関連するものばかりではあった。

しかし、なまなましい血の赤色に、衣や髪の青色、黄色、緑色、それに変に肉感のある体つきの、男とも女ともつかないミロクの生白い色とを見ていると、しだいにそれはブランにとって、娼館の壁に掛けられている男女愛欲図と変わらなくなってきた。虎の牙にわが身を裂かれながら笑みを浮かべているミロクの顔は、男に抱かれて恍惚としている女のそれのようだし、ミロクが飢えた人々を膝に抱いているところは、女を膝にすがらせてやにさがっている遊興児のようだ。

ぬれぬれと赤く塗られたミロクの唇はどれも厚くぼったりとして、肉質の花のように目立つ。通り過ぎるうちにいくつかの御堂や壁龕《へきがん》に祀《まつ》られた、ミロクの前世である聖者という、同じく彩られた石や練り物の像も拝ませられたが、ブランの嫌悪は募るばかりだった。胸でぶらぶらしているミロク十字のしるしにさえ、なんとなく嫌悪感がわいてくる。

こんな醜悪なものをありがたがるように仕向けるだけでも、こいつらはとんでもないぞ、と声に出さずに呟く。こんながらくたの山、みんなまとめたって、オルニウス号の釘一本の価値すらないじゃないか。

「さあさあ、次は、ミロク様が王子として生まれた生で、この世の快楽という快楽を味わいながら、人の苦についていて思いにふけっていらっしゃるところを表した御堂でございますよ」

　無言のままの自分のお客がどんなことを考えているのかにも気づかず、小男とその同類どもは立て板に水で説明を並べ立てながら、それぞれのかもを引きずっていく。

「ご覧くださいまし、こちらは、お堂ひとつが全部、ミロク様のご一生を表すかたちになっておりますのです。こちらの端から、王子としてのご誕生、勇ましくも美しい王子の成長ぶり、美姫との数多き恋、戦争での雄々しき勝利、そして祝宴と夜の語らい——

——」

　もう本当に馬鹿らしくなってきた。

　小男はせっせと弁舌をふるってその下手くそな人形の群で表された情景のありがたさをほめちぎっているが、ブランとしては、で、それがどうした、という感想しか出てこなかった。

　確かに中心人物であるミロクの前世たる王子は憂愁らしき表情を浮かべているかもしれないが、美女が群れ集う中に半裸で横たわり、その奉仕を受けていてそれでは、女たちに失礼ではないか、と思うのである。高邁な人生の苦とやらに思いを致すのであれば、その前に、自分を愛し、仕えてくれる彼女らのけなげな心に応えてやるべきではないのか。

なにより、これではまったく女郎屋の飾り物と変わらない。堂々と愛欲を謳歌し、辛気くさいお説教がついてこないだけ、あちらのほうが簡単でずっといい。ありがたそうな説教を垂れながら、見物人の目はどれも、ミロクを通り過ぎて、姫君たちのあらわな胸や太股、くびれた腰、のけぞった喉、半開きの唇に釘付けではないか。

（やれやれ。なんとか、抜け出せないものかな）

ブランはこっそり天を仰いだ。

はじめはもっと、秘密の裏口や通路などを通らせられるのかと期待していたのだが、こうまで堂々と教団公認で女郎屋めぐりをやらされると、逃げ出す隙がない。引っ張られてきたかもたちの数も多いので、狭い御堂にぎゅうぎゅうに詰め込まれていると、身動きするのも難しい。

所在なく胸のミロク十字を探りながら、ほかの参拝者と同様、姫君のたわわな乳房にぽかんとしているふりをして、ブランはあくびをこらえてこっそり御堂の外に目を走らせた。

そして、ふとまばたいた。

通路のむこうから、マントに白い縁取りのあるミロクの神官が音も立てずにすべるようにやってくる。

そして、唐突に姿を消した。御堂の入り口からかろうじて見えるあたり、金襴《きんらん》の重たげな垂れ布のかかる壁際で、忽然と姿を消したのである。

ブランの勘に訴えるものがあった。退屈にゆるんでいた体に、急激に力がみなぎってきた。思わず唇に不敵な笑みがよぎる。

表面はあくまで田舎者らしく惚けた顔で、ぽん引きの音頭取りに従って手を合わせ、ばかげた遊興図にむかって「ミロクの祝福があらんことを」といっせいに唱える。

「さあさあ、次こそお待ちかね、〈ミロクの姫騎士〉様がたのお住まいの僧院へご案内いたしますよ」

ぽん引きの高らかな誘いとともに、いささか頬を紅潮させたお客たちがどやどやと出口へ向かう。いっしょになって狭い出口へ押し込まれながら、ブランは思い切り背を縮め、肩をすぼめて、人波の中にまぎれこむ。

人の多さが、ここでは有利にはたらいた。お客の中では抜きんでて背が高く、体格もいいブランは、よく目立つ。

それが急に見えなくなったので、ここまで案内してきたぽん引きはきょろきょろし、立ち止まって、「あれ？　ご兄弟？」とおろおろした声で叫んだ。

「ご兄弟？　ご兄弟？　おかしいな、さっきまでここに確かにいたんだが……ご兄弟？

どこにいらっしゃるんです、ご兄弟？　ちゃんとついておいでにならないと、〈姫騎士〉様がたのご僧院を拝めなくなりますよ。やれやれ、一番の目玉だってえのに、なんてことだ」

ぶつぶつぼやいているのを、ブランは分厚い金襴の布の後ろに隠れて聞いた。

忍び歩きは、世界の海で冒険をくぐり抜けてきた船乗りにはお手の物だ。これまで何度もこういう局面で、気配を消し、とうてい隠れられると思えない場所に身をひそめて、危険をやりすごしてきた。剣すら持っていない、信心深いふりをしたぽん引き相手にやるのは初めてだが。もはや見られる心配もなく、ブランはにやりとした。

「おうい！　どうしたんですかね、先に行っちまいますよ、ご兄弟」

もうだいぶん廊下の向こうへ行ってしまった集団から、ぽん引き仲間らしい一人の呼び声が聞こえてきた。

「あんたのお連れなら、きっとこっちに付いてきてますよ。あんたも遅れないようにしないと、神官様に大目玉をくらっちまいますよ」

神官様、の一言が効いたらしい。小男はぶるっと身震いすると、苛立ったように額をなで上げ、もう一度あたりを見回してから、ちょこちょこと小走りに先の集団を追っていった。背中を曲げ、唇をとがらせたところは獲物を盗られて怒った鼠そっくりで、ブランは吹き出すのをこらえて口を押さえねばならなかった。

さて、急がねばならない。顔を引き締め、ブランはそっと布の下から忍び出た。巡礼たちの中にも自分の客が見つからないとなると、あの小男がまた引き返してくるかもしれない。その前に——。

つま先立って、先ほど神官が姿を消したあたりの壁に忍び寄る。分厚い絨毯が、いい具合に足音を消してくれる。

掛け布をめくり、壁に手をすべらせる。一見、ほかのところと変わらない、漆喰塗りの平らな壁だ。

注意深く指で探っていくうちに、ある一ヵ所に、微妙に感触の違うところを見つけた。ほかの場所がざらついたただの漆喰なのに、そこだけ、何度もさわられ続けたようにすべすべしている。

しばらく探っていたあと、決心して、親指でぐいと押してみた。

どこかで歯車のきしむ音が響き、漆喰の壁に黒い隙間が現れた。手を当てて押してみると、音もなく奥へ開いた。

人一人が腰をかがめれば通れるくらいの、四角い抜け穴がぽっかりと開いた。むっとする熱気と、きつい香の匂いのこもった空気が頬をなでた。

「ご兄弟？　ご兄弟？」

焦ったぽん引きの声が廊下のむこうから戻ってきた。自分の羊が逃げたことをようやく確信したらしい。

「どこです、ご兄弟？　弱ったなあ、これで鑑札を取り上げられたら、商売上がったりだ、もう二度とお寺に入れてもらえなくなるぞ……おうい、ご兄弟？　おおおい！」

(悪いな、ご兄弟)

唇だけでそう呟き、にやっとして、ブランは四角い闇に身を滑り込ませた。後ろで隠し戸が音もなく閉まった。唐突に、あたりは真っ暗に、そして完璧に、静かになった。


「あら。あんた、誰？」

耳元で、いきなり声がした。

吐息が耳に触れるほど近くで囁かれて、ブランの心臓ははげしく跳ねた。声はなまめかしい女のもので、かすれた甘さにどこか淫蕩《いんとう》さが感じられた。とっさに応えることもできず、ブランは腰に隠した剣を手探りしようとした。女が含み笑った。

「武器を持っているんだね。すてきだこと。でも、そんな無粋なものを、あたしに使っちゃいけないよ。どうやらあんたはあの、くそ面白くもない神官どもとは違うようだね……」

闇のどこかから熱く濡れた唇が現れて、ブランの唇に重なった。

まるでなま温かい蛭に吸いつかれたようだった。分厚い舌がぬるりと滑り込んできて、ブランはもがいた。異国風の香がむせるばかりに香り、女の声が遠く、また近くなった。くくくく、と喉を鳴らす声がした。

「あんたなら、ちょっとは楽しめそうだ。ねえ、誰だか知らないけど、ちょいと慰めておくれよ。このあたしをさ。〈ミロクの聖姫〉のご利益を、たっぷりとあんたにくれてやるよ」

ミロクの聖姫。

その一言が、ブランの耳に残った最後のものになった。頭が垂れ、剣にのばした手が力なく落ちた。

女の声で、闇がまた笑った。正体を失って倒れ込んだブランの姿は、熱く湿った闇に、溶けるように消え去った。

2

「あまり外を見ないほうがよいぞ、スーティ」

膝をついて、草と木の枝でできた隠れ家の小屋掛けから、興味深そうにあたりの様子をうかがっているスーティに、スカールは声をかけた。

「イェライシャは大丈夫と言っていたが、万が一ということもある。それにどうにも魔道というのは、俺は信用できないのでな。イェライシャのことを信じないわけではないが」

スーティは言われたとおり首を引っ込め、おとなしくスカールのそばへ這いもどってきて、スカールと同じく、ちょこんと膝をかかえて座った。スカールは思わず微笑んだ。

「よし、よい子だ。ブランのおいちゃんが帰ってくるまで、ここで待っていると約束したろう。それまで俺がちゃんと守ってやる。だから、静かにしているんだぞ」

「スーティいい子」

断固とした口調でスーティは言った。

それでも外の様子は気になるらしく、きちんと膝をかかえて座りながらも、ちらちらと壁の隙間のほうへ目を向けている。

（まあ、無理もないだろうが……）

スカール自身、大魔道師イェライシャが『魔道の力を使わずに』作り出したという、この奇妙な〈隠れ家〉について、知りたい気持ちでいっぱいだったのだ。

〈新しきミロク〉に席巻されつつあるヤガの近辺で、魔道の法を行うことはできるだけ避けたい。そう告げて、黒白の魔道を極めた〈ドールに追われる男〉イェライシャは、〈魔道の力を使わぬ隠れ家〉を作り、自分たちがヤガから戻ってくるまで、そこに隠れているよう、スカールとスーティに命じたのだ。

魔道そのものが、もとよりスカールにとっては理解しがたい。その上、「魔道を使わずに、それでいて魔道以上の効果を持つ隠れ家」などというのは、もはやスカールの理解の範疇を超えていた。

一見したところ、〈隠れ家〉なるものは、そのへんの木の枝と木の葉をかき集めて無造作な小屋掛け風にしたものにしか見えなかった。羊歯《しだ》を編んで壁にし、小さな入り口は二股に分かれた枝二本を組み合わせて支えられていたが、スカールにとっては、これなら自分でも、いや自分ならもっとうまく作れる、と思うほどの間に合わせな小屋だった。

イェライシャはスカールが頭をかがめてやっとくぐれるほどの入り口から二人を押し込み、自分たちが戻ってくるまで、できるだけここから出ないようにと約束させた。

「それはいいがな、老師」

スカールは内心の困惑を隠してなにげない口調を作った。

「こんな狭い小屋なら確かに人目はごまかせようが、森の獣の鼻や、あるいは、人に飼われた犬などの追跡から隠れられるものかな？」

「おお、隠れるとも、隠れるとも」

大魔道師は乾いた声でカラカラと笑った。

「この何でもなさそうな隠れ家はの、真実、隠れたい、隠したいと思うものを、害意を持つあらゆる敵から完全に見えなくしてくれるものよ。案ずるでない、草原の鷹。獣であろうと人であろうと、そなたらに危害を加える気のあるものは、入るはおろか、そこにあることすら気づかぬ」

「しかし、ただの差し掛け小屋ではないか」

つい口走った無礼な本音にも、イェライシャは平然としていた。

「さ、その通り、だからこそ、すべてのものの目をあざむくことができる。この老いぼれの手業が気がかりなのはわかるが、まず、身を預けてくれい、鷹よ。けっして悪いようにはならぬよ」

「もちろん老師のことは信じている――が、万が一ということがあればどうするのだ。俺はともかく、スーティを危険にさらすことはできん」

「その時は、そなたの剣が威力をふるうであろうにな？」

老魔道師は梟《ふくろう》のような目でスカールを見つめ、苦い顔をした相手にまたカラカラと乾いた笑い声をたてた。

「ま、ひとまず、ひとまず。魔道を使うわけにはいかぬのだから、使う以上の配慮は加えたつもりよ。もし、それでもこの〈隠れ家〉を見つけて、ここに入ってくる者がおったとすれば――」

「すれば？」

「――それは、そうなるように、すでに星辰の運行が定められておったということであろうな」

スカールが面食らったほど、急に厳粛なおももちとなって老魔道師は言った。

そしてそれ以上は何も語らず、ミロク教徒のマントを羽織ったブランと連れだって、よろよろとおぼつかない年寄りの足取りで街道の方へと去っていってしまった。残されたスカールは、スーティと寄り添って草と木の小屋に座り込み、壁や戸口の隙間から見える、静かな森の木々の姿を眺めているしかなかった。

最初に感じたよりも、小屋はしっかりできていた。そして、予想したより広く、大きかった。スカールが背中を曲げてもぎりぎりかと思われた天井は、入ってみると意外に高く、らくらくと背を伸ばすことができた。横になることも難しそうに思えた狭さも、スカールが荷物を枕に長々と寝ころぶことができるくらいの幅がある。

（さすがは魔道師の作ったものだが、しかしな）

作っているところをスカールも見ていたのだが、イェライシャは、あたりの森から材料を集め、鼻歌（あるいは呪文――スカールにはどちらとも見当がつかない）を歌いながら、羊飼いが昼寝の寝床を作っているようにのんびりと、この差し掛け小屋を編み上げたのである。

もとより魔道というものに対していい印象は抱いていないスカールだが、いかに大魔道師とはいえ、このさしせまった危険時に、そのような気楽さでよいのかと心配させる程度にはのどかな風景であった。

スーティは目を丸くして見守っていたが、腰を曲げて羊歯を集めているイェライシャが気の毒になったのか、それとも少しおもしろそうに感じたのか、たっと走り寄って背伸びし、勢い込んで、

「じいしゃん、スーティてつだうか？　はっぱあつめるの、おてつだい、するか？」

「おうおう、まことによい子だの、坊やは」

目を細めて幼子の頭を撫でながら、イェライシャは頭をあげて周囲を見回し、

「それでは、あそこに見える木の枝を拾ってきてもらおうかの。――いや、それではない、それではない、もっと右、そうそう、その木の根かたに転がっておるそれよ。こちらへ貸しておくれ、おう、ようできたのう」

祖父と孫が午後の裏庭で交わすような会話である。

そのままスーティはイェライシャのそばに座り込み、魔道師が出す指示通りに、小さい手で葉を組み合わせたり、枝を蔦《つた》で巻いたりとよく働いた。スカールも仲間に入ろうとしたのだが、それはイェライシャに目顔で留められた。何か、理解できぬ理由により、スカールは参加することを許されていないらしい。いささかむっとして、スカールは、老人と幼子が和気《わき》藹々《あいあい》と小屋の形を作り上げていくのを眺めているしかなかった。

さて、そうしてできあがった小屋にスーティともども潜り込んでから、どれほどの時間がたっただろう。たとえ目を閉じて眠っていても、分《タルザン》単位で時間のわかるスカールだった。いつものように時間を計ろうとして、彼はぎょっとした。まったく見当がつかないのだ。

あわてて外に目をやって、光の具合で時刻をはかろうとする。草原の民なら誰でも身につけている方法だ。確かブランたちが出発していったのは昼の少し前だったから、太陽の傾き具合で、どれくらいの時間がすぎたかくらい見当はつくはずだ。

だが、それもまた徒労だった。外は小屋に入ったときと同様、かすかな赤みを帯びた光に照らされ、地面に落ちる影の位置も、ぴくりとも動いた様子がない。

いや、入ったとき、そもそもこんな風景だっただろうか？　あたりに溢れる沈んだ橙色《だいだい》の光は、昼間というより、夕暮れ、それももうすぐ夜のとばりが降りてこようという黄昏時の風景だ。

（結界の一種か）

しかし、イェライシャは魔道の術はいっさい使っていないと明言していた。では何をどうしたのかといえば、あたりの木々や土地のものに協力してもらったのだと、よけいにわからない返答がきた。

（異世界にでも閉じこめられたというのか？）

グラチウスのもとに身をよせていたおり、魔道師が種々の世界を渡り歩くものであることはさんざん見せつけられた。それが必ずしも善なるもの、善なる場所ばかりでないことも、いやというほど知らされた。

橙色の黄昏に包まれた森は、今朝、目を覚ました時の森と同じように見えて、まったく違っていた。耳をすましても、森にはつきものの鳥の声も聞こえず、風のさやぎ一つない。琥珀に閉じこめられた世界のように、小さな小屋の外で、世界は完全に静止していた。

「えい、いったいどうなっているのだ」

思わずもらした一言に、スーティが目を丸くして仰ぎ見た。

「ああすまぬ、お前に怒ったわけではないのだ」とあわてて弁解してから、入り口まで這っていって、頭を出さぬよう注意しながら、慎重に外を見回す。

やはり同じだった。窓や戸口の隙間から見える範囲ばかりでなく、この小屋を含む森一帯が、橙色の微光を放つ琥珀の珠に閉じこめられたように、完全な静止と静寂のうちにある。木々の落とす影は水に落ちた墨のようにほのかに輪郭をにじませ、空は暗い黄金の色。太陽はどこにも見えず、ただ永遠の黄昏の光だけが周囲を満たしている。

「おそと、しずかだね」

スーティが声をひそめて呟いた。

「……そうだな」

かろうじてそう応じて、スカールは手に浮いた汗を気づかれないように胴着でぬぐった。

「スカールのおいちゃん、うるさくしちゃだめだよ」

抱えた膝をゆすりながら、スーティが唇をとがらせた。

「いぇらし……い……おひげのじいちゃんがいってたよ、スーティ、ここでしずかにいい子にしてるんだよって。だから、スカールのおいちゃんも、いい子にしてないといけないよ」

やれやれ、子供に説教されたか、とスカールは苦笑した。

「——まあ、考えてみればその通りか。じたばたしても仕方がないな」

なにしろ相手は大魔道師であり、黒白の魔道をきわめつくした達人の中の達人なのだ。その考えを計ろうなどと、魔道に関してはまったくの凡人たるスカールが、試みるだけ無駄かもしれない。イェライシャが護られると言ったら護られるに違いない。今はそれを信じるしかない。

またスーティのそばに這い戻り、そろそろ腹が減らないかと声をかけようとしたとき、スカールの鋭い耳に、かすかな音が刺さった。

「おいちゃん、どうしたの」

びっくり顔のスーティをすばやく後ろへ回し、剣を抜く。

カサ、カサ、と落葉を踏む音が、こちらへ近づいてくる。スカールほどのものでなければ聞き逃すほどのごくわずかな音だったが、何者かが、まっすぐ小屋に接近してくるのは間違いなかった。

(人間……ではないな。獣か。狼か)

「おいちゃん？」

「シッ」

首を出そうとするスーティを舌を鳴らして下がらせ、スカールは油断なく剣をかまえて、身を低くした。

もし万が一があれば、という問いに対して、イェライシャは、「それは、星辰がそのように定まっている時であろう」と厳粛な顔をして答えたが、どうあれこの聖域に踏み入ってくるものがあれば、魔道師に言われるまでもなく、スカールは剣にものを言わせるつもりだった。

カサ、と足音が小屋の前で止まった。まだ姿は見えない。

スカールは全身の筋肉を緊張させ、剣をなかば鞘ばしらせた。

「ちょいと、ねえ、ウーラ、待っておくれったら！」

いきなりけたたましい声と、バサバサという羽音が静寂を突き破った。なまめかしい、低くかすれた女の声だった。

「何さ、いきなり走り出したと思ったら、こんなところで止まって——あんたが本気で走ったら、あたしの翼じゃついてけないの知ってるだろうに。ん？　なんだい、これは」

羽音はバタバタと小屋の前に降りてとまった。なにやら検分するような間があって、

「ふうん、なるほどねえ」

あきれたように、女の声が言った。

「黄昏の国の端っこに、妙な結びこぶみたいなものができてるっていうから、ちょいと

見に来たら、こりゃ確かにずいぶんおかしげなもんだね。人間が作ったみたいだけど——いや、そうでもないのか。よくわからないね。おおい、中に誰かいるのかい？」

バサバサと翼が鳴って、小屋の屋根がとんとんと何度かつつかれた。

「ううん、確かに、誰かいるみたいなんだけどね——おや、ウーラ？」

スカールは息の止まる思いがした。小屋の入り口から、子馬のそれほどもある巨大な狼の頭が、ぬっと入り込んできたのである。

ふさふさとした毛皮は白銀に輝き、黄金の瞳は人間のものならぬ叡智《えいち》をたたえてきらめいている。

神狼、の一言が頭を走り抜けた。草原の伝説にある星から下った銀の神狼の物語が、幼い頃、語り部の老婆とともにたき火を囲んだ思い出とともに、どっとよみがえってきた。

「ス、スーティ！」

スカールが凍りついているうちに、スーティがするりと背中側から滑り出てきた。さやかな入り口から突き出した銀色の狼の頭に、魅せられたように近づいていく。

「スーティ、いかん、危険だ、下がれ！」

手を伸ばして引き戻そうとしたが、その時にはもうスーティは銀狼の真ん前に、とんと腰を下ろしていた。深い色をたたえた黄金の双眸を見上げ、雪のような白いたてがみに恐れげもなく手をやる。

「……わんわん？」

スーティは小首をかしげて呟いた。

銀狼は小さく鼻を鳴らすと、首を下げ、スーティの顔を丸ごと覆ってしまうほどの桃色の舌を出して、スーティの頬をぺろりと舐めた。

スーティは声を立てて笑い出した。

「わんわん！　わんわん！」

ふかふかの毛皮に抱きつき、顔中をべろべろなめ回されながら、スーティは大喜びで叫んだ。

「わんわん！　おっきいわんわん！　ぎんいろの、おっきいわんわん！」

「こりゃまたいったい、どうしたことだい。子供じゃないか」

なまめかしい女の声がすぐ近くでした。スカールはぎょっとして振り返り、いつの間にか、間に合わせの枝の梁の上に、一羽の大鴉が漆黒の羽を休めているのを見た。

つやつやと光る太いくちばしが開いて、人間の女の声が言った。

「それに、草原生まれの鷹が一人。何があったっていうんだい？　あんたたち、こんなところで、何をしてるんだい？」

3

熱い泥の中をもがき進んでいた。

目はふさがれ、耳は栓をされ、鼻にも口にも、あらゆる人体の穴という穴に、ねっとりと湿った熱い泥が生き物のように進入してくる。

一歩進もうとするたびに足を引っ張られ、手を挙げようとするとすさまじい重みが腕をその場に押し固めようとする。叫ぼうと口を開けると、泥が喉まで流れ込んできて叫びを押しつぶした。ブランは夢中で頭を振り、足を蹴上げ、両手を振り回して、全身を取り込もうとする真っ黒なねばつく闇に報復の一撃を加えようとした。

「ねえあんた、そろそろ目を覚ましたらどうなのさ」

じれったげな女の声が雷鳴のようにとどろき、いきなり、すべての闇が晴れた。

血のように赤い籠灯籠《かごどうろう》が剣のように目を突き刺し、涙で視界がぼやけた。一度、目もくらむほど明るく感じられた周囲はしだいにまた薄闇に滲んでゆき、そこここに置かれた異国風の調度の曲線を、ぼんやり浮かび上がらせる程度になった。

その真ん中に、それまでブランを取り囲んでいた闇をすべて人型に固めたかのような、漆黒の肌をした大柄な女が、眉をしかめてかがみ込んでいた。

その肌は実に黒く、遠く南の島嶼《とうしょ》群まで旅をしたブランでさえ、見たことのない色だった。黒檀を磨いたような肌をしたクシュの黒人奴隷は山と見たことがあるが、この女は、まだそれよりも黒い。磨いた黒曜石、いや、黒金剛石の黒さだ。その黒の深さによってかえって負の光を放つかと思えるほどに、つややかに黒く、なめらかな肌をしている。

何度かまばたいて視界をはっきりさせる。手足は棒のように投げ出されたまま、いくら力を入れようとしてもぴくりともしない。

頭の下には羽毛をつめた贅沢な大枕があり、うなじに絹の敷布が冷たく触れた。頭上には深紅のびろうどを張った天蓋がひろがり、金色の絹房が重たげに揺れて、あいまあいまに配された宝石や鐘型をした鈴がしんと静まりかえっている。

「ちょいと、はっきりおしよ。男のくせに、だらしないったらないねえ」

女が長く尖らせた爪をのばして腕をつねった。

ほとんど全裸に近い格好で、腰に肌とほとんど区別がつかないほど黒い布を巻き、余りを股間に長く垂らしているだけである。むきだしの巨大な乳房が、ブランの額をもうすこしでかすめそうになる。

おそろしく大きく、堅く前に突きだした巨大な薄桃色の乳首が、黒い肌にひどく目立つ。女が両手をひらつかせると、その手のひらも、黒人種の常として薄桃色なのがわかった。

いささか左右に張りすぎた低い鼻と、分厚い桃色の唇をしているが、野性的な精気に満ちた、目を引く容貌ではある。髪も黒く、渦を巻きながらたけだけしいほどの勢いで腰の下まで流れ落ちており、女がいらいらと身をゆすると、こすれあってかすかな音を立てた。

「おかしいねえ、そろそろ術が解けたっていいころなんだが——ちょいと力加減を間違えちまったかね——あのしつっこくて無粋な馬野郎どもの相手をしたあとだから、あたしも気が立ってたかねえ。ほらあんた、こいつをお飲みな。大丈夫だよ、毒じゃあない——今はまだ、ね」

唇に金属の足付き杯が押しつけられる。ブランは口をつぐんで抵抗しようとしたが、乾ききっていた体は勝手に唇を開いて中身の液体を飢えたように飲み下した。香料入りの冷えた葡萄酒のようだった。なじみのない味がしたが、灼けつく砂漠に何日も放り出されていたように感じられる舌には甘露にも思えた。

「ここは——どこ——だ」

「ああ、やっと口をきいた、きいた」

杯を持ったまま手を叩くと、黒い女は残った中身を、自分で喉を鳴らして飲み干してしまった。

「心配おさせでないよ、あんた、ここじゃあ滅多に、退屈を紛らわす相手なんか見つかんないんだからね。殺しちまったんじゃあないかと、気が気じゃなかったよ。ミロク様は無益な殺生はお禁じになってることだし、ご命令にあったんならともかく、せっかく楽しませてくれそうな相手を見つけたってのに、死んじまったんじゃあ、お楽しみはもちろん、あの嫌みったらしいベイラーにぐちぐち言われてたまんないよ、こっちは」

「ミロク……ベイラー……？」

「ま、知らなくっていいことさ。あんたはね」

口元をぐいと拳でぬぐい、ブランの唇に派手な音をたてて接吻して震え上がらせる。

黒い女はさっと立ち上がり、両手を広げて、堂々たるその半裸の長身で、飾られた小部屋の中心にそそり立った。薄明の中で、その黒い裸身は漆黒の光を自らはなって輝くかに見えた。

「あたしの名はジャミーラ。〈ミロクの聖姫〉」

朗々と女は言った。紅色の籠灯籠の光が揺れる。つややかな女の肌が、黒い金剛石で刻んだような光を放つ。

「あんたは〈ミロクの聖姫〉の寵愛を受ける光栄に浴したってことさ。言っておくけどね、こいつはものすごい幸運だよ、ええ？　たくさんの男たち、女たちが、この〈ミロクの聖姫〉の抱擁を求めて足もとに這いつくばる。あたしは、そういううっとうしい奴らを踏んづけて、たっぷりと踏みにじって通ってやるんだ。それで喜ぶ馬鹿もいるっちゃいるけどね。あたしが興味を持つのは強い、強い男、このあたしを芯まで悦ばせて、我を忘れさせてくれるような、本当に強い男なのさ。ああ……」

〈ミロクの聖姫〉ジャミーラは、何かを思い出すようにふと遠い目をした。眸も黒い分、白目と、ずらりと揃った歯の白さがまばゆいばかりだ。桃色の分厚い舌が過去の美味を思い出したように唇を嘗める。切なげなため息をひとつついて、またブランの寝台のわきに腰を下ろした。

「だけどまあ、今はあたしもミロク様の使徒として新しい名前を頂いたことだし、昔のことは忘れっちまわなきゃならないんだろうけどねえ。けど仕方ないじゃないか、ここの神官どもときたらどいつもこいつも石みたいにかちかちか、紙みたいにうすっぺらい奴ばっかりで、いっこうものの役にたちゃしない。そこへ行くとあんたは、このミロクの大神殿の秘密の通路に、しかも剣を持って、忍び込もうとした男だ」

まだ目だけしかうまく動かせないブランに、ジャミーラは誘うような流し目を送った。ブランの胸の上に載ったミロク十字を指でつつく。

「どこの間諜かは、あとでじっくり聞かせてもらうとするよ。けどねえ、その前に少しっぱかり、楽しませておくれな、ええ？　見たところ、なかなかいい体だしねえ、あんた」

　くくく、と喉を鳴らしながら、マントをくつろげたブランの体に手のひらを這わせる。快楽とも苦痛ともつかない感覚に全身が怖気《おぞけ》だったが、ブランは唇をかんで、呻き声を漏らさぬよう堪えた。

「これだけいい体だ、多少の骨はあると思っていいんだろうね？　頑張りようによっちゃ、あんた、あたし付きの〈ミロクの騎士〉として、特別に推薦してあげてもいいんだよ。せっかくあたしが気張って捕まえたってのに、あのベイラーの野郎にヨナ・ハンゼを取り上げられて、あたしゃ頭にきてるんだ。まあ、ああいうひょろついた小僧は好みじゃないっていえばそうだけど、ちょいと踏める顔だし、男に間違いはないからね。それをあの気取りかえった〈石の目〉野郎ときたら――」

　それからかなり長い間、ジャミーラはヴァラキア生まれのブランが驚くほど多彩な言葉でベイラーなる相手を罵《のの》り、大きな身振り手振りつきで、チチアの最下層の娼婦でさえ顔を赤らめるほどの、下品きわまりない悪罵を洪水のようにまき散らした。

（ヨナ・ハンゼ。ヨナ）

　しだいにはっきりしてきた頭で、ブランは考えた。まだぼんやりしている頭のもう半分では、頭上でまき散らされる、ブラン自身すら初耳なほどおそろしく多彩かつ卑猥な罵言に、多少度肝を抜かれてもいた。

（するとこの女が、ヨナ殿を誘拐し、スカール太子の部下を虐殺したのか――ジャミーラ――〈ミロクの聖姫〉――〈石の目〉ベイラーとはこいつの仲間か？　だが、どうやら結束が堅いとは言いがたいらしい）

「――あの男のただれきった腐れ魔羅なんぞ鼠の餌になっちまえ。ついてりゃの話だけどね、まったくのとこ。けどさ」

長い長い罵詈雑言をそうした比較的穏健な言葉で締めくくると、ジャミーラは身をひねり、桃色のぶあつい唇をいやな形にゆがめて見せた。漆黒の背中が黒い金属でできたもののようにてらつく。

「あんたにゃあ、どうやらご立派な逸物がついてるようだねえ、兵隊さん？　兵隊さんかどうかあたしゃ知らないけどさ、いいんだよ、そんなこたあどうでも。その股の間のすてきな剣の使い方を、間違わなきゃあそれでいいのさ、そうだろう？　あんたがどこからきて、ここへ潜り込んでなにをするつもりだったのか知らないよ、まあ、あの間抜けどもぞろいの神官や坊主どもとよもや同類とは思わないけどねえ――おっとしまった」

ブランの寝台に腰を下ろしながら、おおげさに口を押さえてみせる。

「あたしゃ〈ミロクの聖姫〉なんだから、そういう口の利き方は控えるべきなんだった。

まあいいさ、ここにゃあんたとあたししかいないんだし、あんたはほかの奴らに話したりしない、そうだろう?」

　漆黒の豊満な体がゆっくりとブランの上に倒れてくる。揺れる乳房からはミロクの香とはまた違う、野生の麝香猫《じゃこうねこ》のような強い香りがした。濡れて熱を持った暗黒そのものが、しっとりとした感触と抵抗しがたい重みでブランを包み込んだ。

「もし誰かに報告する気でいても、このあたしにかかれば、そんな気はすぐに消えちまうさ——〈ミロクの聖姫〉の祝福を受けられるなんて、あんた、本当に幸せもんだよ、ねえ? ま、あたしをうんと楽しませて、満足させてくれればの条件つきだけどねえ。ベイラーの野郎は目玉とおんなじに石みたいなやつだし、イラーグときたら踏みつぶした蛙のほうが百倍もましだってご面相だし、神官どもも、ちょいと踏めるご面相のはあの助平なヤロール爺いが持ってっちまうし。あたしにだって、ちょっとくらいお楽しみがあっていいと思うんだよ。そうだろう?」

　ブランは必死に頭をはっきりさせようと首をふった。だがかすかに枕が音を立てただけで、むせかえるような麝香の香りが、かえって黒蓮の匂いのようにブランの意識を包み込んだ。女の吐息が首筋をくすぐった。砲弾のように尖った固い乳首が、服の上から押しつけられる。たくみに動く指先が、いつのまにかブランの帯を解きにかかっていた。

「さ、じっとして、いい子にしてるんだよ、坊や。〈ミロクの聖姫〉の愛撫は、ミロク様じきじきのお恵みだと考えなきゃいけないよ。あんたが本物のミロク教徒かどうかはおいといても、じき、そうなるからいいのさ。

あたしだってちょっと前までは、ミロク教なんて頭にもなかったけど、そんなあたしでも今は聖なるなんとかなんて呼ばれる身さ。あのベイラーやイラーグだって使徒面していい気なもんだけど、あたし同様、以前はミロク様の教えなんてかけらも気にしてなかったんだからねえ」

裾がゆるめられ、なま暖かい手と指が服の下の素肌に這いずりこんでくる。股の間の急所をぎゅっと握られ、ブランは息をのんだ。

「あんたみたいにいい男なら、きっといい〈ミロクの騎士〉になるよ、ああ、きっとそうだとも」

ジャミーラは息を荒くしていた。麝香の香りがむせるようだ。

「あたしたちは兵隊を増やさなきゃならないんだ。〈新しきミロク〉の教えを中原に、やがては大陸全土に広めて、この世に楽土を作り上げるまでね。パロはもうじき、あたしたちの手に落ちる。ゴーラだってまばたきの間さ。それにケイロニア、そうさ、あの素敵なグインのいるケイロニアだって、きっとすぐに、すぐにあたしたちのもの……」

グイン。

熱っぽいその一言が、幻惑の淵にぼんやりと沈みかけていたブランの意識に冷水を浴びせた。

　ブランは腹の底から野獣めいたうなり声を漏らし、魔女の手から身をひねって逃れると、まだ取り上げられていなかった剣をつかんで、闇雲に女めがけてなぎ払った。

　悲鳴につづけて、罵声があがった。ジャミーラはまさしく山猫のように跳ね飛んで、両手を鉤爪のように曲げ、激しい憤怒に歯をむきだして壁際に立った。

「なんてことをおしだい、この〈ミロクの聖姫〉に！　あんた、あたしの——ミロク様のお怒りが怖くないってのかい？」

「貴様がグイン王と中原に害を及ぼす気でいるなら、俺はそいつと戦うまでだ」

　体はまだ重く、鉛を詰められているようだったが、思考は完全に澄み渡っていた。

「ミロク教は暗い何ものかによって内側から蚕食《さんしょく》されている——俺の求めていた証拠を身をもって体験させてくれて礼を言う、ジャミーラとやら。おかげでよくわかった、〈新しきミロク〉はこの地から一掃されなければならないとな。そして貴様がグイン王になにやら含むところがあり、あの方にその黒い手を伸ばそうというなら、俺は貴様を斬る、それだけだ」

　垂れ込めた暗雲をなぎ払う一条の閃光が、グインという一言だった。ブランは剣をかまえながら、慎重に寝台を降りた。切っ先に、数滴の鮮血が糸を引いていた。妙にねばついたそれは刃をつたってゆっくりとしたたり落ち、足もとの派手な小絨毯に玉を結んだ。

「グイン！　あんたは、あいつの味方なのかい！」

ジャミーラは腕を押さえ、先ほどの妖艶な顔とはうってかわって、牙をむいた猛獣のような怒りをあらわにして足を踏み鳴らした。

「畜生め、あんたを見つけたとき、すぐに神官を呼んでやりゃよかった、ああ、グインめ！　あんたがグインの回し者だと知ってたら、こんなところへ連れてきやしなかった！　とっととグインの居所を吐かせたあとで、神官どもの鞭と焼き鏝《ごて》のところへ放りこんでやるんだったのに！」

「残念だったな。だが、グイン王が今どこにいらっしゃるかなど、俺は知らん」

まだ確かでない足を寝台の柱で支えてゆっくりと剣を動かしながら、ブランは脅かすように剣先を振った。

「おそらくは黒死の病の後始末のためにサイロンで王としての務めを果たしていらっしゃるのだろうが、いくら貴様が魔女でも、サイロンで黒竜騎士団に守られたあの方にうかうかと近づくわけにはいくまい。ましてやグイン王の剣に、貴様ごとき闇の魔女がかなうわけがない。あの方は光であり、力であり、この中原の希望でいらっしゃるお方だ
──何がおかしい？」

いきなり、狂ったように笑い始めたジャミーラに、ブランはとまどった。ジャミーラ

は長い髪を振り立て、両手を叩き、おかしくてたまらないというかのように、歯を打ち合わせてカスタネットめいた音をたてた。

「あああおかしい！　あああおかしい！」

喉をあえがせて、ジャミーラは嘲り笑った。

「あんた、本当にそう思っているのかい？　このあたしが、グインにかなわないと？　あの男の、厚い胸板に指一本すら触れられないと？　力強い腕に抱かれることもないと？　あの黄玉《トパアズ》の豹の眼に、映る資格もないと、あんたは思っているのかい？」

「その通りだ」

混乱しながらも、ブランは答えた。

「貴様のような汚れた魔女など、グイン王の足もとに這いつくばる資格すらない。〈新しきミロク〉の中心にいるのが何者であろうが、グイン王と中原に、大陸に、そして俺の故郷である沿海州に、害を及ぼそうというのなら、俺は必ず貴様たちを止めてみせる――あっ⁉」

息を切らせながらのブランの言葉は、驚愕の叫びとともにいきなりとぎれた。背後の寝台に置かれていた敷布が巻き上がり、柱に身を支えていたブランをあっという間に巻き込んでしまったのだ。

「グインに肩入れするのかい、あんたは。それじゃあ、うんとしっかり、念入りにお相手してやらないとねえ」

異様にねっとりとした、絡みつくような言葉だった。鋼鉄の枷に引き絞られるような痛みが返ってくるままならぬ手を動かそうとしても、鋼鉄の枷に引き絞られるような痛みが返ってくるばかりだ。目の前にある絹房が変化して炎のような舌を吐く蛇の頭に変わり、シューッと息を吹いて、毒液の滴る牙を見せつけるかのようにブランに近々と寄ってきた。ブランは必死に身をのけぞらせた。

「そのまま骨も肉も粉々に砕いてあげてもいいんだけど、それじゃ物足りないね」

ジャミーラが悠々と近づいてきた。黒い顔の中で、白眼が爛々と光って見える。力を失ったブランの手から落ちた剣をつまみ上げ、手首の一ひねりで消し去る。先ほど斬りつけられたはずの傷はもうどこにもなく、艶々とした黒曜石の肌には皺ひとつ見あたらなかった。

「せっかくだからあんたには、もっと楽しめる死に方を用意してあげるよ。たぶん、あいつも腹を減らしてるだろうしね。たかが作り物に、減らせるような上等な腹があればだけどさ。けどまああいつのおかげで、今まで、遊び終わったおもちゃの始末に困ったことはないからねえ」

ブランはもがき、必死に拘束を振りほどこうとしたが、動けば動くほど締め付けはきつくなるばかりだった。せめて罵ってやろうと口を開ければ、巨大な毒蛇の頭が毒気をまき散らして迫ってくる。

ジャミーラが哄笑した。

「そら、お行き、そして後悔しながら死にな！　グインはいつか必ずあたしが手に入れる、一度は手に入れかけたように！　あの男はあたしのものさ、絶対に、のがしゃしないんだよ！」

どういうことだ、と反射的に問い返そうとして、身体をはらわたごと裏返されたような感覚にブランは喉をつまらせた。

全身を締めつけていた重圧がふっと消え失せる。紅色の籠灯籠の光も、異国風の小部屋も、そこに復讐の女神像のように立つジャミーラの黒く輝く姿も消え去り、くるりと一転したかと思うと、背中から思い切り固い地面に叩きつけられた。

とっさに受け身をとったおかげで骨折や捻挫はまぬがれたが、肺から息が押し出され、ほんの数瞬、あえぎながらその場に横たわっていた。

ひんやりとした土の臭い、黴《かび》の臭い、そして強烈な腐敗と汚物の臭いが鼻をつく。踏み固められた土間らしき場所に手をついて、ようやく半身を起こした。それは失われなかったらしいミロク十字が胸にぶつかった。

ここも薄暗い。ジャミーラの小部屋も暗かったが、落とされたここは、壁に一つ二つともったささやかな油火だけが灯火のようだ。かなり広い空間のようだが、家具調度らしいものは見あたらない。灯火が少なすぎ、暗すぎて、とうてい奥まで見通すことはできなかった。

（地下牢か？　いや、それにしては――）

呼吸をととのえながらその場に起きあがり、闇に眼が慣れるのを待った。ジャミーラの術の名残か、あの妙な香の効果か、まだ頭がくらくらする。何度かまばたきし、周囲に散乱した原形をとどめていない人間のものらしい骨、獣も含めた腐乱しかけた死体、なんだったのかもわからない汚物、そういったものに目を留めた。

（獣――獅子か虎でも飼っているのか……？）

空間の奥まったほう、もっとも闇の濃い一隅で、何かが動く気配がした。

ブランは飛び上がり、奪われた剣のあとを無意識に手探りした。だが武器はない。暗い穴蔵の奥から、何かおそろしく巨大なものが、鎖の触れあう音と重い足が地面を踏む音とともに近づいてくる。

強烈な獣臭が鼻をついた。ブランは壁を背になんとか立ち上がり、迫り来るこの地下牢の主に相対しようと視線に力を込めた。

ひときわ強烈な獣臭がどっと吹きつけた。穴蔵の奥から、山羊に似た、しかしはるかに巨大な一つ目の頭部が、ぬっと姿を見せた。

「イイイ――イグ・ソッグ！　イグ・ソッグ！」

凍りつくブランの前で、そいつはずらりと歯のそろった口から涎《よだれ》を垂らして吠えたてた。

ブランは声をあげることも忘れてただ見つめていた。そいつは、彼の知っているどんな生き物でもなく、また、どんな生き物よりもゆがんで、おぞましかった。母なる自然が許すはずもない、悪意と嘲笑をこめた気まぐれがこねあげたような、異形の姿がそこにいた。

地下牢の天井はきわめて高かったが、そいつは、曲がった背を伸ばせばその天井さえ突き破るのではないかと思えるほどの、おそろしく巨大な体軀の持ち主だった。

山羊に似た曲がった角のある一つ目の頭部に続くのは、異様にゆがんだ、だがどこか人間らしさがかいま見られる胴体である。人間に似ていながら完全に非人間のものであるその姿は、ブランの本能的な嫌悪感と恐怖感をかき立てた。はば広い肩には三本指の太い腕、そしてずっしりした腰の下には、山羊の頭部にふさわしい、曲がった足と先の割れた蹄がある。

両手と両足──「手足」と呼べるものならだが──には、体軀に見合った鋼鉄の枷がはまり、毛むくじゃらの首にも、同じく太い首枷がはめられていた。鎖は壁のどこかに留められており、それによってこの怪物はここに拘束されているらしい。繋がれた頭を振り立てながら、怪物は血走った一つ目を空に据えて吠え猛った。

「イグ・ソッグ！　イグ・ソッグ！　イイイイ――イグ・ソッグ！」

鉄鎖の触れあう音が耳を聾した。そいつが地面をゆるがして近づいてくるのを見ても、ブランはぴくりともできなかった。あまりにも異質、あまりにも異常な生き物を目の当たりにすると、人はとっさに動きがとれなくなるものらしい。ブランがようやく我に返り、逃げようとしたとき、そいつの一本が女の胴体ほどもある三本指の手が、ブランをわしづかみにし、空中に持ち上げていた。

「イグ・ソッグ！　イグ・ソッグ！　イグ――イグ・ソッグ！」

よだれまみれの口が大きく開く。ブランは紫色をおびた分厚い舌と、黄色い歯並びがずらりと揃った地獄の入り口が近づくのを感じた。すさまじい悪臭が息をつまらせ、自由を奪った。

「イグ・ソッグ！　イグ・ソッグ！」

強烈な臭いの唾液に濡れた舌の上に落ち、口がしまった。濡れた狭い肉の導管を滑り落ちていくうちに、ありがたいことに、何もわからなくなった。

第四話　迷宮に潜むもの

1

（ブラン。ブランよ。これ、目を覚ませ、ドライドンの騎士。そなたはまだ死ぬべき場所にも、その刻にも至っておらぬぞよ）

低い太鼓のようなこもった振動が、どうん、どうんと頭をつけた場所から脳を揺すっていた。はじめ、ブランはぼんやりと半覚醒のみぎわを漂いながら、頭の中で響く声もまた、この轟きが引き起こしたなんらかの幻聴ではないかといぶかった。

しかし少しずつ感覚がめざめてくるにつれ、むっとした熱気のこもる空気と異様な赤みをおびた微光、頭の下の、尋常な地面ではけっしてない、奇怪な紫みをおびてべとついた肉のようなぶよぶよした感触のなにかに気づいた。

「ドライドンの髭にかけて！」

本能的な嫌悪にかられて叫び声をあげ、ブランは跳ね起きた。ミロク教徒のマントはどこかで失い、農民風のシャツと織りの粗い足通しだけの姿になっていた。胸にはしっかりとミロク十字の飾りが下がっている。腰回りを探ったが、やはり、〈ミロクの聖姫〉ジャミーラに奪われた剣はどこにも見あたらなかった。

「偉大なる海神の矛にかけて、ここはどこなのだ、老師？　どうやら死後の世界ではないようだが」

（やれ、ようやく正気を取り戻したか）

胸に触れているミロク十字から、波のような軽い笑い声が伝わってきた。

（おぬしほどの勇士であれば、まさかにあの程度の苦難で我を失うことはなかろうと思ってはいたが、いささか心配したぞ。われの授けたそのミロク十字も無駄になるかと思うて気が気でなかった）

「気が気でなかったのはこちらのほうだ」

苛々と応じてブランはどっかと腰をおろし、あたりを見回した。

肉、あるいはそれに酷似したなにかでできた洞窟、というのがいちばん近い形容だった。

頭の上は壺の口のようにすぼまって、闇の中に消えている。おそらくあそこから落ちてきて、ここに落ち着いたのであろう。尻の下からはいまだに、どうん、どうんという、遠くで太鼓をたたいているような振動が規則正しく伝わってくる。

紫色を主調とした胸の悪くなるような色合いの壁はしたたる漿液でべとつき、ところどころに走る赤や青、はたまた緑や黄色などの奇妙な色合いの血管を思わせる筋が、響く振動にあわせてときおりびくりとひくつく。肉の洞窟の壁も床もまた波のように揺れ動き、嵐の海に慣れたブランには辛いというほどではないものの、かなり不快ではあった。

「老師があまりに芝居がうまいので、俺は本当に老師が惚けたのかと思ったほどだ。今の今まで一言の言葉も伝えてはこぬし、あの〈ミロクの聖姫〉とやらに会ったときも、この奇態な怪物に捕らわれたときも、ささやき一つなかったではないか」

（まあ怒るな、騎士よ。敵を欺くにはまず味方から、は戦法の常道であろうがの）

ミロク十字は相手の笑いを示すかのように、ほのかにきらめいた。

ミロク教徒の親子に扮するにあたり、イェライシャがブランに与えたのが、この特別なミロク十字である。

『これにはわれとそなたにのみ伝わるよう、秘密の遠話の絆をかけた』

変装の一部として手に入れてきたミロク十字の飾り物の上でいくつか手振りと呪文を唱えたのち、イェライシャはブランにそれを渡した。

『われは老齢の父を演ずるゆえ、人目のあるうちはそなたに自由に話しかけることはできぬ。また一見人目がなくともあの魔都と化したヤガの中では、どこで誰が、何者が、感知するかもわからぬ。そなたはこれを肌身はなさず身につけ、われからの言葉を待て。誰からも見られず、気づかれぬと確信したおり、われの声を送るによって』

「もう少し早くに何か伝えてくれてもよさそうなものだ」

ブランはぶつくさ言った。道中、黙したままなんの合図も送ってはこぬミロク十字に触れてみては、はたして本当にこれがイェライシャへの連絡路となるのかどうか、いぶかしんだブランである。

「ヤガに入ってからの老師はまったくもってただの老人であったし——ジャミーラとかいうあの女はともかく、この怪物——いったいなんなのだ、こいつは——に丸飲みされたときは、いささか死を覚悟したぞ。老師を信用しておらぬわけではないが、しかし」

(悪かった、悪かった)

イェライシャは呵々と笑った。それからふいにまじめな口調になり、

(しかし敵の内懐に深く入り込んだ中で、軽々に呼びかけを送るのが危険であることは、おぬしもわかっておろう。われもそう簡単に偽装をぬぐわけにはいかぬのよ。足を踏み入れてあらためてわかったが、ここヤガには、常人、いや、かなり強力な魔道師でも感知できぬほどの、巧妙な魔道の監視網が張り巡らされておる)

「パロの派遣した魔道士でさえ感知できぬほどのか？」

(さよう。もっとも、疲弊したパロの送り込んだ魔道士程度では、こう言うてはなんだ

がとうてい間にあわなんだだろうがな）

　聞かれることをはばかるように、老魔道師の声は低くひそめられた。

（われ、あるいは見者ロカンドラス、さてはグラチウス程度の力があれば感知し、その隙間をくぐることも可能であろうが、それ以下の者であればかえってその監視の糸に捕らわれ、殺されるか取り込まれるのが関の山よ）

　その口調に自慢はなく、ただ事実を告げるのみの淡々とした響きがあった。ブランはぶるっと身を震わせた。

「いったい、あの女は何者なのだ、老師よ？　ジャミーラとか言っていた。あれもまた、一種の魔道師であるらしいが。キタイの竜王の手の者と考えてよいのか？　それにしてはまた異国風な、奔放な女に見えたが」

（グラチウスが語っていたであろう。サイロンを襲った災厄の夜、豹頭王を奪い合った末に竜王に取り込まれた、愚かな異国の魔道師のことを）

　大魔道師の声にかすかな哀れみが混じった。

（あの女がそのひとりよ。ジャミーラと名乗っておったか。あれはもと、南のランダーギアの密林の奥で崇められておる蛙神《あしん》ラン＝テゴスの巫女を務めておった魔女で、タミヤという。タリッドのまじない小路でおのれの身の丈にあった洞窟をかまえておったが、豹頭王のたくましさに目がくらんで、サイロンの上空で起こった〈会〉に乗じてかの王

の力と肉体を手にいれんとたくらんだあげく、まんまと竜王の手中に落ちたのだ)

「では、この怪物は?」

ブランは目をあげて、あたりでびくびくと脈動を繰り返している気味の悪い肉の洞窟をうんざりした目で見渡した。

おそらく内臓、普通の動物であれば胃にあたる場所であろうが、むっとこもった蒸れくさい熱気と嗅いだことのない薬品に似た臭い以外、感じるものはない。大きいには大きい――ブランが立って歩き回っても十二分な広さがある――が、肉らしきものでできているにもかかわらず、妙に、生物であるとは断言できない、微妙な違和感があった。

「この怪物は竜王が作ってここにおいたものか、それとも、こいつもまた、あのジャミーラだかタミヤだか、どちらでもいいが、そういう風にして竜王に虜にされたたぐいなのか。――そういえばグラチウスも、なにかそのようなことを口にしていた覚えがあるな」

(これはイグ＝ソッグといって、かの大魔道師アグリッパがいまだ地上にて肉体を備え、今の彼にとってみれば砂粒にもおとるであろう些事に従事していたころに生み出した、人工生物よ)

「人工生物だと?」

耳慣れぬ名を口にしたイェライシャに、ブランは耳を疑った。

「そのようなことが魔道で行えるのか。生命を我が手で作り出すなどと」

（できるとも。達人にとってはいともたやすき技よ。かつて古代王国カナン華やかなりしころは、そのようにして作り出された人工の生き物がさまざまに立ち回り、人の目と心を楽しませ、自然にはありえぬ技と美しさを競うておったと聞くよ）

魔道師の老いた声がわずかに憧れるような遠い響きをおびた。

（だが、われはわざわざそのようなことを行おうとは思わぬし、グラチウスは生きた人間をあやつるほうが好み、見者ロカンドラスはただ見届けるのみと我が身を律しておるし、そしてアグリッパ自身はもはや肉の身を超越し、精神体となってさらなる高次の探求をつづけておるゆえ、もはや地上ではおこなうものもいまいが）

「しかし、この――こいつはアグリッパが作ったものなのだろう？」

ブランはとまどいがちに脈打つ肉の壁を見回した。そうと言われてみると腐肉めいた毒々しい肉の色も、外に漂っていたのとは打って変わった薬臭いような臭いもうなずけるような気がする。だが、襲われるまでの間にわずかに目にした恐ろしくも醜い獣とも人ともつかぬ合成獣のすがたは、大魔道師によるはかりがたい好みとはいえ、悪趣味である。

（いかに偉大なるアグリッパとはいえ、未熟な時代もあったということよ）

ブランの心を読んだかのように、イェライシャが言った。

(それとも、時代も世界も移り変わり、もはやいかな術をもってしても、カナンの栄光を再現することはできぬと知ったか。われは推し量ることをせぬが、いずれにせよ、アグリッパは失敗に終わった実験結果であるイグ＝ソッグを打ち捨て、やがてはおのが肉体をも捨てて、精神のみの存在となって大いなる宇宙へと探求の場を移したのだ。

だがいかに失敗作とはいえ、大魔道師である覚者アグリッパの落とし子たるイグ＝ソッグは、やがて独自の知能と魔力を発達させるにいたった。造り主の去ったこの世界において、年を重ねるごとに力を育て、強大となり、人ならぬ身がいっぱしの魔道師を名乗るようになったのだ)

「だが俺を襲ったときのこやつは、とうてい知能などあるようには見えなかったぞ。『イグ・ソッグ！　イグ・ソッグ！』と叫んではいたが」

(ああ、それが、竜王の力による呪縛よ)

ミロク十字のむこうで、イェライシャが哀れむように嘆息した。

(覚えておるであろう、フロリーを襲い、そなたが腕を切り落としたかの苔と泥の塊のごとき姿の生き物を。あれもまた一個の古き力ある魔道師、長舌のババヤガと呼ばれる、ノスフェラスに長く住まいしてあの謎に満ちた土地とほぼ一体化した、ある意味において人を超越した者なのだ。しかしあの者もまた、竜王の呪縛のもとにおかれたがためにて自我を失い、ああして他人に操られ、かつての己の幻に苦しみながら、傀儡としてうご

めきまわることしかできぬ存在となりはてた）

「それがグラチウスの言っていたものか……『長舌のババヤガ』。サイロンの災厄に集った魔道師ども」

暗い馬小屋の屋根裏で、ひょうげた顔をした黒魔道師と相対していたときのことを思い出しながら、ブランは首をひねった。

「確か、グラチウスは、ほかにも竜王に飲み込まれた魔道師がいるようなことを言っていたが、老師、今の三名のほかにもまだいるのか」

（『石の目のルールバ』、そして『矮人エイラハ』）

うてば響くように答えが返ってきた。

（それに蛙神の黒い魔女タミヤ、この三名は、どうやら竜王の呪縛にも自我を失わず、知能もそのままに竜王の手下と化したようだ。おぬしの会ったジャミーラなるタミヤは、名前以外、さほど性格や能力、魔道師としての力に、変化があったようではなかったのであろう）

「そうだな。そのようだ」

身体を這い回った魔女の肉厚な熱い手のひらの感触に背筋を粟立てつつ、ブランはうなずいた。

「俺はタミヤであったころのあの女を知らんが、どうやら、グイン王に執着する心や、たくましい男への肉欲などもそのままに残っているらしい。俺がグイン王の名前を口にしたとたん、猛然と怒りを露わにした。袖にされたことがよほど堪えているらしい」

（蛙神の巫女は多情多淫でなければつとまらぬでな）

　ブランが苦笑すると、ミロク十字のむこうでイェライシャも肩をすくめているような気配が伝わってきた。

（しかもなみの淫蕩ぶりではない、人類が発祥する以前から熱い泥の中で生きておったラン＝テゴスの呪われた抱擁に身を任せて狂わぬほどの、邪悪な淫奔さが必要なのだ。おそらくおぬしのことも、いいように精を吸い尽くしたあとはイグ＝ソッグにくれてやるつもりでいたのであろう）

「まあ、タミヤのことはそれでよしとしよう」

　のしかかってきた〈ミロクの聖姫〉の、麝香の匂いのする重い乳房の感触を振り捨てるようにブランは身震いした。

「しかし、ああ、ルールバとエイラハ、そしてタミヤか、その三人が正気のまま竜王の手下となったのに、イグ＝ソッグと、それからババヤガか、この二人――といっていいかどうかわからんが――が、自我を失っているのはどういうわけなのだ、老師。何か理由の見当はつくか」

（われにとっても推測の域を出ぬことではあるが、おそらくは、それぞれが身につけて

おった魔力の質の違いによるものであろう）

しばし考えるような間をおいてから、イェライシャは慎重に答えた。

（ルールバ、そしてエイラハは、彼らなりに優秀ではあるが、しょせん人間の魔道師でしかない。そしてタミヤは蛙神の力を借りてはいるが、あの女そのものは、多少の魔力をあやつることのできるだけの、どこにでもいる卑小な魔女にすぎぬ。だが、ババヤガとイグ＝ソッグは――）

また少しの間をおいて、

（――この二人、あるいは二体は、魔力そのものが形をとって凝ったようなものと考える方が近い。ババヤガは考えられぬような年月をノスフェラスの地で過ごし、あの異常な土地と一体化したあげくがあの姿になった。

イグ＝ソッグは生まれからして、大魔道師のもつ硝子瓶の中だ。かのアグリッパの魔道の力を一身に受けて誕生したのだから、これはもう、一種純粋な魔道の力の結晶ともいえる）

「それがなぜ、竜王の呪縛によって自我を失うのだ」

（竜王の操る魔道は、この地、この世界を律する理《ことわり》を、はるかに逸脱しておる。根本的に異質な存在であり、力なのだ）

そう呟いたイェライシャの声には、わずかな畏怖――あるいは恐怖のかけらめいたものがこだましていた。

（それが、この世界そのものに深く根ざしておる魔道と一体化の度合いが強いものにかけられ、人以上に強烈な反発を起こしたために、ババヤガとイグ＝ソッグはあのざまとなったのであろう。

　竜王の力は、この世界のものとは本来相容れぬ。だからこそ竜王は、さまざまな策を使ってこの世をあの者の思うような世界にしようとしているのだ。でなければ、いかにキタイの帝王となったとて、思うままに振る舞うことはできぬからな。

　今はまだ、この世の理が勝っておる。だが、このままヤガが竜王の手に落ち、ミロク教の皮をかぶった竜王の力が中原に広がってゆけば、いずれはキタイが竜王の支配下に落ちたように、中原も、そして大陸も竜王の手に落ち、人ならぬ者の理が支配する場所となり果てるであろう）

「おお、そうだ、ぐずぐずしているべきではなかった」

　自分が何のためにここまで来たかをあらためてはっきり思いだし、ブランはあわてて立ち上がりかけて、ぶよぶよした肉の上でよろめいた。

「それで、俺はこれからどうすればいいのだ、老師。この怪物に飲み込まれて命があったのは老師のおかげだと感謝しているが、いつまでもこいつの腹の中にとじこめられているわけにもいくまい」

（さあそれが、しばらくそうしていてもらうことになるかもしれんぞ）

「なんだと」つかの間、魔道師という謎めいた人種に対する不信と不安が、ブランの心をよぎった。

「それはいったい、どういう意味なのだ、老師」

（はて、言葉のとおりのことよ。おぬしはしばらくそのイグ＝ソッグの腹の中にいて、イグ＝ソッグとしてミロク教の内部に入り込むのだ）

「俺が？」混乱してブランはまばたいた。

「しかし、こやつは知能をなくしているのだろう。話してわかるような相手ではないぞ。それに、どうやって腹の中にいる俺が、この怪物に化けて動き回るというのだ」

（まあ待て、われとて、ただいたずらに魔道の理について語っていたわけではない。そのかたわらで、いくつかアグリッパの残した魔道の結び目をほどくことに努力を傾けておった。さすがに大魔道師、今に比べればいまだ未熟であったとはいえ、見事なものよ）

イェライシャはいくらか熱した調子になって、

（よいか、ドライドンの騎士よ。われはこのイグ＝ソッグを構成しておるアグリッパの魔道を腑分けし、道筋を整理し、われの操りやすいように流れを変え、新たな配置をしなおした。いまや哀れなイグ＝ソッグは、アグリッパにつくられた土台を、われの力によってより整然としたものに変えられておる。

ブランよ、おぬしは、このイグ＝ソッグのうつろな脳髄に入り込み、ミロクの教えに覚醒し、服従するものとしてふるまうのだ)

思いがけぬ計画にブランは言葉を失った。老魔道師は続けて、

(こやつももとはサイロンに集った魔道師の一人、自我を取り戻し、服従の意志を見せたとなれば、きゃつらも無碍《むげ》にはすまい。すぐに信用することはせずとも、おそらくもっと上、ミロク教団を支配する上層の者に報告するなり引き合わせるなりするであろう。われはおぬしとともに、ここで耳を澄ませておる。そして、フロリー殿やヨナ博士の気配がちとでもしたなら、そちらへ向けて探索の手を伸ばす。これならどうだな)

「どうだな、と言われても、老師」

ブランはいささか心細い思いで脈打つ肉の洞窟に立ち尽くしていた。怪物の腹の中に丸腰でぽつんと立ち、その人ならぬ鼓動が身をゆするのを感じながら、むっとする薬品臭い熱気を吸っている身としては、いささか無謀、かつ、わけのわからぬ提案に聞こえた。

「脳髄に入り込む、といっても、俺には何をどうすればいいかわからん。ここからよじ登って、どこをどうするのか知らぬが、この怪物めの山羊頭の中へ潜り込めとでもいうのか？」

イェライシャはまた乾いた声で笑った。

（そのような手間はかけさせぬよ。よいか、ちと、はじめは気分が悪いかもしれぬが、こらえておれよ……）

ふいにくらりと視界がゆがみ、ブランはよろめいて、べとつく壁に手をつこうとした。しかしぶよぶよした肉の感触は一瞬の不快な温気のように指先をかすめていっただけで消え失せ、同時に、ブランの周囲のすべてが、なま暖かい暗黒にゆるりと飲み込まれて消えた。

身体が風袋のように膨らみ、薄くなり、限界まで引き延ばされて、悲鳴を上げることすらできない。すさまじい鼓動の音が耳もとでとどろく闇を、希薄になってゆく自分自身が、どこまでも拡大しつつ根を張っていく。自分の身体すら融解して消えていくような、自他の区別が曖昧になっていく感覚に、ブランは恐慌に陥りかけた。

（騒ぐでない、騒ぐでない、ドライドンの騎士）

落ち着きはらったイェライシャの声が励ました。

（いまイグ＝ソッグの肉体と精神の中枢に、おぬしの存在を移し入れておるだけよ。おぬし自身には少しの悪影響もないから、気をしっかり持って、腰を据えておれ。おぬしの信じる神の名を唱えよ。おぬしの剣を捧げた主の名を思って、心を一にするのだ）

あらゆる方向から引っ張られ、細く細く引き延ばされた『自分』が、きわめて異質な何物かに接続されていく。あたかも一塊の綿となり、そこから人ではない紡ぎ女の手で、何筋もの糸を引き出され、蜘蛛の巣めいてあらゆる方向に張り巡らされていくがごとき、異様な体験だった。

ブランはきつく目を閉じ（あるいは、自分でそうと感じるように務め）、ドライドンの荒々しい名と、二人の剣の主、カメロン、そしてグインの名を、燃える篝火《かがりび》のように精神の中央に掲げた。三つの名は力強く輝き、肉体とともに散逸しかねないブランの精神の、強固な錘《おもり》となった。

「ドライドンの加護あらんことを――」ブランは繰り返し唱えた。唱えた、と自分に信じ込ませ、唱えることができる自分はまだここに確固として存在するのだと自分に言い聞かせた。

「ドライドンよ――カメロンのおやじさん――おやじ――カメロン――グイン王――グイン！　グインよ！　俺の剣の主たちよ！」

異様な時間はどこまでも引き延ばされて切りもなく続き、数千年をそうして過ごした気がした。ひっきりなしに耳元でささやくイェライシャの声もすさまじい鼓動の轟きにともすると打ち消されがちで、ブランがしがみつくことができたのは、ただ、カメロン、そしてグインの、二人の剣の主の名ばかりとなった。

「おお、カメロン――グイン――俺は使命を果たす！　おやじさん――待っていてくれ

――グイン王――豹頭の英雄よ……」

（やれ、終わったぞ、ブランよ。よく耐えたの）

もはや一つの世界が外界で滅んだのではなかろうかとブランが感じだしたとき、イェライシャの声がふいにはっきりと響いた。

ブランはそろそろと目を開けてみて、それができることに驚愕した。そして、その『目』が、一つしかないことにも少なからず驚いた。

その『目』はきわめて高いところにあり、暗い洞窟の中でも、異常にはっきりとものをとらえることができた。はるか下方に見える地面には、ぞっとするような汚物の山と乾いた骨、腐肉、崩れ落ちた岩や錆びた鉄枷の壊れたものが投げ出されている。

信じられぬ思いで片手をあげた。じゃらりと鎖が鳴り、大人の腕ほどもある、鉄の輪のつらなった枷がついてあがってきた。しかし、それもまた、ささいなことだった。

ブランはたった一つしかなくなった――あるいは、額の中央にある一つ目で、おのが手を凝視した。鱗と獣毛に覆われ、恐ろしげな鉤爪と節くれ立った指を持つ、巨大な異形の手を。

「これは」と呟こうとして、のどに詰まった。口の中にいきなり牛の舌を押し込まれたようだった。異常に分厚く長い舌が、変形した口蓋にもつれて、うまく言葉を形作ることができない。

（おぬしはいま、イグ＝ソッグと一体化しておる）

どこからか、イェライシャの声が厳粛に告げた。

（おぬしの動きはそのままイグ＝ソッグの動きとなり、おぬしの言葉はイグ＝ソッグの言葉となる。よいか、ブランよ、この姿でもって、新しきミロク教団の内懐へと侵入するのだ）

2

「貴様、何物だ」

『おおいやだ、そんな光り物なんぞ見せないでおくれよ』

　大鴉は少々はばたいて止まり木を掴みなおし、首を横に傾けて、クックックッというような笑い声をたてた。

『あたしはただ、この黄昏の国を王様からあずかってる身として、何が起こってるのかちょいと見に来ただけさ。……けどまあ、なんと、こんなところで草原の鷹を目にするとはねえ。ああもう、だから、その物騒なものはしまっておくれったら』

　不平そうに嘴《くちばし》をカタカタ鳴らして、

『そりゃあ、鷹と鴉じゃあ格が違うってそっちは言いたいんだろうけど、はばかりながらあたしだって、黄昏の国のザザさね。鷹に並ぶことはできなくたって、これでも、豹頭のグインの肩に乗って旅したことだってあるんだ、そう馬鹿にしたもんでもないんだよ』

「グインだと」

スカールは虚を突かれてつい切っ先を下げた。

「貴様、グイン王を知っているのか、鴉」

『知るも知らないも、自分たちの王様を知らずにどうするってんだい』

鴉はふんぞりかえり、虹色に艶をおびるふっくらした羽毛を光らせた。

『そうさ、豹頭のグインはあたしたちの王、ノスフェラスの王にして、黄昏の国を領するすべてのものの王なのさ。そしてあたしは、そのいちお側仕えってとこかね。そっちのウーラだって……おや』

止まり木の上から、鴉は珍しそうによく光る黒曜石めいた目を小屋の入り口へやった。

『おやまあ、こりゃいったいどうしたことかね、ウーラが豹頭王さま以外の人間になつくなんて、この目で見るとは思ってもみなかったよ。ウーラ、その坊や、お気に召したのかい』

ウーラと呼ばれた銀狼は金色に輝く目をちらりと上げただけで、首にしがみついてきゃっきゃとはしゃいでいるスーティの頰をまた舐めた。たてがみに顔を埋めたスーティは身をよじってくすくす笑った。

「わんわん、くすぐったいよ、わんわん」

『まあ、子供とはいえ、呼ぶに事欠いてわんわんとはねえ。狼王とガルムの血筋も形無しってもんだ』

鴉はため息らしき音をたて、バタバタと舞い上がって地面に降りた。スカールはまだ用心しながらも、そろそろと剣を鞘におさめた。

「グインを知っているお前たちは、では、俺たちに危害を加えるつもりはないのだな？　俺たちに害を加える者には見ることも、入ることもできない隠れ家だと、イェライシャは言っていたが」

『だから最初から言ってるじゃないか、あたしたちは、ただ様子を見に来ただけだって』

いらいらと言い返した鴉だが、ふと気づいたように、

『イェライシャだって？　ああ、じゃあ、こいつがなんでこんなところにできてたのかも納得できるね。あの爺さんなら、木の精や土地の精霊を説得して、これくらいの小さな結び目をこしらえることくらい簡単だろうからさ。──つまり、結び目っていうかね』

まだ腑に落ちない顔をしているスカールを見て、鴉はうんざりしたように説明した。

『この世界は、あんたたち人間が思ってる以上に、いろんな部分が重なり合って成り立ってるってことさね。あんたたちの住んでる形のある世界のほかに、精霊と小さな神々の集う国、死んで黄泉の国へ行きそこねた死霊が漂う非人境《ノーマンズランド》、名を口にすることもで

きない恐ろしい太古の神々が、それぞれ眠りについているいくつもの異次元、そしてこの、妖魅と魔性の住まう場所、永遠の黄昏の国がある――キャッ』

妙に女らしい悲鳴をあげて、鴉は振り下ろされた剣を逃れた。

『何するのさ！　危ないじゃないか』

「妖魔や妖怪にたぶらかされる俺ではないぞ、鴉」

目にも留まらぬ抜き打ちを放ったスカールは、まさしく鷹のごとき鋭い目を光らせて言った。

「俺はこの子の母が無事に戻ってくるまで、安全に守ってやるべき義務を負っている。また人として、妖魔ごときに子供に手を出させるわけにはいかぬ。どけ、去るのだ、魔物め。鷹と呼ぶところを見ると俺のことを知っているらしいが、その子に手を出すとただではおかぬぞ」

「スカールのおいしゃん、いじわるしちゃ、だめ」

憤然として何か言い返そうとした鴉に先んじたのは、なんと、小さいスーティだった。

飛び下がった鴉ににじり寄ろうとしていたスカールは、思わぬ方向から非難の目を向けられて、とまどってその場に止まった。

「しかしな、スーティ、こいつらは妖魔なのだぞ。少なくともこんな口の達者な鴉が、尋常のものであるわけがない」

「わんわんはスーティのこと、すきだっていってるもん」

ふっくらした頬をふくらませてスーティは言い張り、ふかふかの狼の毛皮に身を埋めて気持ちよさそうに目を細めた。

「わんわんはスーティにわるいことしないもん。だからそのとりさんだって、わるいことしないいんだもん。わんわんがそういってるもん。だから、いじわるしちゃ、だめ、おいしゃん」

巨大な銀狼はスーティの言葉を裏付けるように低く喉を鳴らし、ごろりと横になって、手足を伸ばした。金色の瞳が静かにスカールを見据えた。その瞳はどこかあの豹頭王の黄玉《トパアズ》色の瞳を思い出させ、王者の威厳と、確かな知性を感じさせた。

『やれやれ、どうやら、坊やのほうが話がわかるらしいね』

鴉はちょんちょんと地面を跳んでスーティの方へはねていき、気取ってお辞儀をした。

『挨拶がまだだったね、坊や。あたしは黄昏の国のザザ、大鴉のザザさ。そっちは狼王のウーラ、さっそく友だちになったらしいね』

「スーティ、このわんわんすき」

きっぱりとスーティは言い、念を押すように銀狼の立派な肩にしがみついた。狼王は年のわりには大きいとはいえ、飲み込むには一口にも足りないほどの幼児に、ぬいぐるみ人形のように抱きつかれてじっとしている。

『あたしたちは黄昏の国の王様のグインの家来なのさ。坊やも、サイロンの豹頭の王様のことは知ってるだろう？』

「スーティ、グインのおいちゃんすきだ！」

大喜びでスーティは叫び、ウーラの首をいっそうきつく抱きしめた。

「とりさんもグインのおいちゃんのともだちか？　わんわんも？」

『もちろんだとも。この黄昏の国に住んでいるものはみんな、王様——グイン王の臣民だよ。たとえ王様が覚えていらっしゃらなくてもねえ……』

鴉のザザはいくぶん、しんみりした口調になった。

「おい、覚えていないとはどういうことだ」

スカールは剣をしまって、そろそろと近づいた。どうやら、妖魔であるらしいとはいえ、グインの知己であり、スーティになつく様子を見せるこの鴉と狼は、自分たちに害をなす気はないらしい。グインの臣民であると自ら名乗るこのしゃべる鴉を芯から信用したわけではまだなかったが、スカールも、いささか好奇心を刺激されていた。

「黄昏の国の王がグインとはどういうことだ。グインはケイロニアの王であり、サイロンの支配者だぞ」

『ああ、ああ、うるさいねえまったく』

ザザは首を振り、足を一本あげて器用に頭をかいた。

『王様はどこだって、なにをしてたって王様だよ。いちいちあんたに説明しようとは思わないけどね、草原の鷹。どこにいたってあんたが黒太子スカールであるように、王様は、どこにいたってすべてのものの上に立つ王様なのさ、ただそれだけのことだよ』

「だが、今は覚えていないと」

『そういうことになってるんだから仕方ないさね。王様が黄昏の国を覚えてなきゃ、黄昏の国も、王様を見つけられない』

鴉はうつむいた。

『ほんとは、今すぐでもこの役に立つザザの翼で飛んでいきたいところなんだけどね。ウーラだって喜んで王様に力を貸すだろうに。なにしろあたしたちは、いっしょにあの遠いホータンまで行って、やせっぽちの王妃様を取り返す冒険をともにした仲なんだから』

「おまえたちは、グインがなくしたという記憶の間に出会っているのか」

グインが、魔王子アモンとの戦いの果てに、記憶に障害をかかえることになったのはブランからも聞かされていた。彼はいっさいの時間を巻き戻したかのように、すべての記憶を失って再びノスフェラスに現れたのだという。その後、かすかな記憶の影をたよりにパロへむかう途中、スカールと初めて邂逅を果たし、互いに武をことととする男として、爽快な気分を分け合ったものだった。

だが冒険の果てにパロへ至ったグインは、そこで古代機械によってなんらかの操作を受け、黒竜戦争へ出立するまでの記憶は取り戻したものの、逆に、記憶を失っていた間に経験したことがらは、すべて消去されてしまったらしい。むろん、旅の途中で出会ったフロリーとスーティ親子のことも、そして、スカールのことも。

古代機械とはなんなのか、なんの命令によってそれは操られているのか、グインとは、いったい何者なのか。ロカンドラスに導かれ、ノスフェラスの中央、グル・ヌーの深淵をのぞき見たスカールでさえも、いまだにその全貌はつかみ得ない。賢者と呼ばれる魔道師ロカンドラスでさえ、グインの正体については、ついに答えを持ち合わせなかった。グル・ヌーで対面したあの一つ目の赤子のようなもの、奇妙な異次元の向こうから、非人間的な視線を送ってきたあのものを思いだし、スカールは背筋に寒気を走らせた。

『王様は気づいちゃいないだろうけどね——頭の中から、あたしたちのことが消えちゃってることは。あのやせっぽちの王妃様を救い出す旅に同行した、鴉のザザと狼王の姿が、すっぽりなくなってることは。でなきゃあのサイロンの災厄の時に、かじやスナフキンの剣を呼ばなかったはずがない。ああいう闇の物を切り裂くためにこそある北の妖精の心づくしを、王様が忘れるはずはないんだから』

大きく嘴をあけて、鴉のザザは悲しげにカアと鳴いた。

『あたしはあらゆる黄昏の空を飛んで、そこで起こるいろんなことを見ているんだよ。

あんたのことだってそこで知ったのさ、草原の鷹。草原の青と紫と金色の黄昏を、馬を駆っていくあんたを見た。赤いノスフェラスの岩山を、死にかけながら必死に這っていくあんたも見た。あんたの背中にしょわされた運命のことも、いくぶんかは知ってる。だけどそれだけさ。あたしたちはなにもできない。王様が思いだしてくれなきゃ、あたしたち黄昏の国の住民は、人間の世界に口をはさむことはできない。王様は、王様自身が、すべての世界への架け橋で、鍵で、扉なんだ。ああ、ああ、王様が、あたしたちのことを思いだしてくれさえすれば、どんなにことが簡単になるか知れやしないのに』

その理由についてザザは述べようとしなかった。問いただせるような雰囲気でもなかった。うつむいた鴉の目は、奇妙にも涙ぐんでいるように見えた。

「古代機械か――」

ううむと唸って、スカールは腕を組んだ。

「俺はノスフェラスで古代の謎のいくぶんかを目にしたが、いまだにあれが何であるのかを理解することはできん。また、理解する必要も、今はないと思っている。だが、俺としては、グインが俺のことを忘れてしまっているというのは非常に残念だし、その点では、おまえたちにも同情しよう、鴉のザザよ。正体がどうあれ、グインは称えるべき豪傑であり、王者となるべくしてなった男だ。あの男に忘れられるというのは、確かに、おまえたちにとっては痛手に違いない」

『あたしたちだけどころか、世界にとってどんなに大きな痛手か知らないんだよ、草原の鷹。あんたは──』

翼で涙を拭くようなしぐさをしかけて、ザザはふと動きを止めた。呆然として、そのまま動かない。

「おい、鴉よ。ザザよ」あまりにも長い間ぴくりともしないので、心配になったスカールは手を出してつついてみようとした。

「どうしたのだ、鴉。いきなり黙り込んで、言葉が喉につまりでもしたか──うわっ」

いきなり、ギャーッとわめきながらばたばたと羽ばたいたザザに、スカールは目をおっておのけぞった。ウーラにしがみついたまま、スーティは目を丸くしている。

「い、いったい、なんだというのだ、鴉」

『そうだ！　そうだよ！　あたしとしたことが！』

興奮してギャーギャーわめきながら、ザザは小屋のまるい天井をぐるぐると飛び回った。

『〈北の豹と南の鷹が相会《あいあ》うとき〉──あんたたちは会う！　あんたたちは会うんだ！　そしてあたしたちがここにいて、あの石がある！　あの石が！　約束された三つの石のひとつ、いや、二つが！』

「何のことを言っているのかさっぱりだ」

スカールは舞い落ちてくる黒い羽根を払いながらうんざりと言った。

「とにかく落ち着け、鳥。この上おまえまで、わけのわからんことを口にせんでくれ」

『ああ、ああ、ああ』

ザザはもう二、三周ぐるぐると天井をめぐり、バサバサとスカールの前に舞い降りてきた。そして、これまでにない強い光をたたえた目で、まっすぐにスカールを見つめた。

スカールが思わずひるんだほどの、突き刺すような強い視線だった。

『頼みがあるんだ。草原の鷹、北に対する南の翼、黒太子スカール』

どこか予言者めいた口調で、ザザは告げた。

『あんたに会わせたい人――いや、もの――どっちでもいいけど、それがいるんだ。ここを出て、あたしたちについてきちゃくれないか。危険な目には遭わせないと約束する、もちろん、あの小さい坊やもね。なにがあってもウーラとあたしが、いや、黄昏の国の住民すべてが命を懸けてでも守ってみせるから、どうかあたしたちを信じて、来てほしいんだ』

「どこへ連れて行こうというのだ、大鴉のザザ」

問い返しながら、スカールは脳裏にイェライシャの温顔をよみがえらせていた。『害を加えるものはけっして見ることも、入ることもできない隠れ家』。だがそれでも、万が一のことがあればどうすると問うたスカールに、魔術師はどう答えたか。

『それは、そうなるように、すでに星辰の運行が定められておったということであろうな』

（すべて運命だというのか。ここでこの鴉が俺たちのところへやってきたのも、グインの忘却という絆が俺たちを結びつけるのも、俺が死の淵から逃れて亡霊のごとく生き延びたのも、生と引き替えにグル・ヌーで得た、いくばくかの知識も――）

『今はなき魔都、フェラーラ』

弔鐘《ちょうしょう》にも似て大鴉はその名を口にした。

『キタイの竜王の侵略で、ついにその存在を失った魔物と人の住まう都。その女王が、あんたを待ってる。

魔女王リリト＝デア、そして廃されたアウラ神殿の巫女。竜王に踏みつぶされて、それでもまだ生き残った最後の民が、あんたに望みをかけて、会おうというんだよ――どうか聞いておくれ、南の鷹』

3

ミロク大神殿の隠された深部をあゆむ神官たちのひそやかな足取りは、その日、いきなり轟いた地の底からの咆吼《ほうこう》に乱されることとなった。

『おお！　おお！　おお！』とそいつはわめいていた。

『俺はいったいどうしたのだ？　なぜこんなところにいる？　このような枷につながれているとは、いったいどのような罪を犯したというのだ？　ミロク様のお慈悲を！　誰か来てくれ、そして、俺の犯した罪を説いて聞かせてくれ！　おう、おう、おう！』

曲がりくねった隠し宮の通路は一筋縄ではいかない複雑さだったが、それでも、運悪くすぐ近くを巡回していた何人かの〈ミロクの騎士〉たちがいた。彼らは頭巾の下の顔を見合わせ、誰がいちばん先にそちらへ足を踏み出すかを譲り合うようにしばらく固まっていたあげく、いかにも嫌々、甲冑をぶつけながら細い通路を押し合いへし合い、声の主のいるほうへと降りていった。奥宮の警護を任されている彼らは〈ミロクの騎士〉の中でも地位が高く、なんとなれば、この宮に秘匿されている秘密のいくつかにも通じていたからである。

　地の底から轟くこの声のことも秘密の一つだった。これまで意味のある言葉を発したことは絶えてなく、ときおり『イグ＝ソッグ！　イグ＝ソッグ！』と失われたおのが名を狂ったようにわめき散らすだけであった地下の獣が、いきなり、ひび割れた青銅の鐘のような声で泣きわめいて助けを求めはじめたのである。僧形の騎士たちとしては、不審の念を抱かずにはおられなかった。

「あれは本当に例のものの声か」

　一人がたまりかねたように同僚の耳にささやいた。

「なんと恐ろしい声だ！　これまでは獣の吼え声と同じと思って放っておいたが、人間の言葉をしゃべるとは。聞け、また叫んでいる。ミロク様の御名を呼んでいるぞ、いったいどうなっているのだ」

「俺が知るものか。あれの処置は〈ミロクの聖姫〉様が一手にしておいでであったはずだ」

　むっつりと相手は応じたが、それも逃げ口上にすぎなかった。確かに地下の獣になんらかの形で関わりを持つことのある――たとえそれが飽きた男を投げ与えるだけのことであっても――のは〈ミロクの聖姫〉ジャミーラのみだったが、正式に彼女が五大師、または口にするのも恐れ多いそのかみの超越大師から、命を受けたということはなかったからである。要するに獣は扱いかねる無用の荷物として地下に放置されていたのであり、人工生物のため食や水がなくとも死ぬことがないのをよいことに、だれ一人これまであえて近寄ろうともしなかったのが真実だった。

『ああ！　暗い、ここは暗い！　ミロク様、いったい俺が何をしたというのですか？　償いをさせてください、ミロク様！　そしてもう一度、あなた様の使徒としてあらたな誓いをさせてください！』

　ぞっとするようなわめき声が壁や床をゆする。ぱらぱらと埃が落ちてきて、騎士の一人が気味悪そうにマントの裾をかき寄せた。

『ミロク様！　広大無辺のお慈悲でもって俺をお救いください！　そのためならばどのようなことでもいたします！　卑しい獣の身をどうぞお救いください、ミロク様！　ミロク様、ああああ！』

「これ、静かにせぬか」

　騎士たちの一団はようやく獣の閉じこめられている地下牢の前に達した。しばらく譲り合ったあげく、頭立った一人がいやいや前に押し出されて、拳で扉をたたく。厳重におろされた錠には土埃が山とつもり、一度おろされてのち触れる者の一人としてなかったことを示している。泣きわめく声が一瞬やんだ。

『そこに、誰かきたのか？　ミロク様のお使者か？』

ふたたびすさまじい咆吼が埃を舞いあげ、騎士の一人が派手にくしゃみをした。扉をたたいた騎士はいやな顔をして脇に寄り、眉間にしわを寄せながら、分厚い扉のむこうに向けて声を張り上げた。

「われらは〈ミロクの騎士〉、ミロク様の御教えを護持し、法敵を誅するために集ったものどもである。汝、そこにて悲鳴をあげるのは何者か？」

『ああ！　俺のことなどもはやお忘れになられたのか、ミロク様！』

獣はふたたび号泣し、また新たな埃と石くれを何個か、騎士たちの上に降らせた。

『俺はイグ＝ソッグ、そうとも、かつてはイグ＝ソッグ、そうだった！　だがその名はもう忘れた、今の俺は、ミロク様のお慈悲にすがってその足もとにはべるただの名のない獣にすぎぬ。どうか恐れないでくれ、そして、この鎖を外し、ミロク様に罪の償いと奉仕を捧げる許しをくれ！　イグ＝ソッグ、イグ＝ソッグ！　かつてイグ＝ソッグであった俺は、卑しい獣の一匹として、ミロク様にすべてをお捧げする！』

そしてまた、地下天井が崩壊せんばかりの物凄い号泣が轟いた。騎士たちはそろって立ちすくみ、互いに目を見交わして、なんとかこの困った事態の責任を負わずにすませようと、朋輩《ほうばい》の目をのぞき込もうとしては顔を背けあった。しばらくこのむなしい努力を続けたあげくに、とうとう最初に扉をたたいた騎士が、

「ここにじっとしていてもどうにもならぬ」と口を開いた。

「いずれにせよ、あれをうかつに放ってもし暴れ出したら、われらの手には負えぬ。ここは〈ミロクの聖姫〉様に事態をお伝えし、なんとかしていただくのがよかろう。あの方ならばもしやあの獣が再び狂いだしたとしても、また縛って地下牢に押し戻すこともおできだろうからな」

このすばらしい考えに一同はこぞって賛成した。そして、行かないでくれ、鎖を解いてくれとミロクの名を唱えながら泣きわめく地下の獣から、逃げるように迷宮をあがっていった。

中から特に足の速い一人が選ばれ、巡回を続ける部隊から離れて、〈ミロクの聖姫〉のもとへこの情報を届けるべく送り出された。暗い奥宮のこみいった通路をたどり、〈ミロクの聖姫〉の黒い耳朶《じだ》に、この思いもよらぬ事件が吹き込まれたのは、そのような経緯があってのことであった。

「ちっ、この人工生物《ホムンクルス》め、臭い山羊頭め、いやったらしい鱗だらけのつぎはぎ野郎め！」

〈ミロクの聖姫〉ジャミーラは輝くような半裸をあらわにし、誇らしげに突き出した乳房を揺らして、目前にうずくまった小山のような獣の背を不機嫌に眺めた。

そうして頭をかかえておうおうと泣きわめいていてさえ、この人工獣の体軀は彼女の身長の数倍はあったのだが、ジャミーラに恐れる様子はみじんもなかった。汚れきったたてがみと不潔な鱗を汚らわしげに見やり、唾を吐いて足もとの山羊頭を蹴りつけたが、獣はびくりと身を竦ませただけで、いよいよ身を丸めてあわれっぽくすすり泣きはじめた。ジャミーラはうんざりしたように耳をふさいだ。

「お黙りったら、うるさい、耳がつぶれちまうじゃないか！……畜生め、あの能なしどもときたら、あたしにばっかり面倒ごとを押しつけやがって……これ、泣きやんで、起きなったら、獣め！」

　また力をこめてひと蹴りされて、獣はようやく声を納めた。太い腕の中からおそるおそる上げた山羊頭の一つ目はうるんで真っ赤に血走っており、見るも恐ろしい形相だった。ひとつが拳ほどもある涙の粒が雨のように汚れた床を叩いた。

「タミヤ、タミヤではないか」

　しわがれ声で怪物は言った。

「どうしておまえがここにいるのだ？　俺はいったいどうしたのだ？　ミロク様に何か失礼でもしでかしたのか？　俺はミロク様のためならば、この造られた命などすべて投げ出す覚悟であるのに」

「……どうしたんだかわからないけど、あんた、ひょっとして正気を取り戻したのかい？」

認めるのもいやそうにタミヤならぬジャミーラは唇をゆがめた。

「まったく、どうなってるのかねえ、あんたはババヤガ同様、ミロク様の洗礼に耐えきれないですっかりおかしくなっちまったんだと思ってたけど……何か変なものでも食ったかい。そういやさっき、変な間諜みたいな男をひとり食わしてやったっけ。あれがどうにかなったのかねえ」

突き出した胸に腕を組んでジャミーラは考える仕草をした。獣はひたすらおとなしく、鎖につながれた両腕を垂らして、ジャミーラの前に頭を垂れている。伏せられた巨大な一つ目の瞼の下、そのはるか底で、必死に交わされている会話が外に漏れることはなかった。

（これでいいのか、老師よ）

扱いにくい人工獣の喉と舌でわめきまくったブランは、早くも疲れ果てていた。自然の技巧を無視した形で配置された喉と口蓋に巨大な舌は、言葉を形作るのにも一苦労で、まだおうおう泣きわめくだけのほうがはるかに楽だった。

しかしミロクの騎士たちはともかく、ジャミーラが出てきたとなれば、きちんと話をせぬわけにはいかぬ。やっかいな策を考えついた老魔道師に、ブランは文句のひとつもいいたい気分だった。

（どうにも疲れてかなわん。こやつのもとの気性は知らんが、とにかく大人しく、ミロ

クに帰依しているように見せればよいのだな。本当に）

（いや、なかなかよい調子だぞ、ドライドンの騎士よ）

ブランの気も知らぬげに、イェライシャは気楽にそう褒めた。

（おぬし騎士のみならず、役者の素質もあるのではないかな。そういえばおぬし、フロリー殿たちと旅しておったおり、旅役者のふりをして興行しておったそうではないか、流浪の騎士スイラン殿よ）

（からかうのはよしてくれ、老師）

ブランはげんなりした。

（それでなくともこのろくでもない身体にはうんざりしている。老師のお仲間といえど、アグリッパとやらもよくもまあこう不格好な生き物を作り上げたものだ。俺自身でさえ己がおぞましさにぞっとする）

（ヒキガエルでも水鏡におのれを映して、俺もそう不細工ではないわいと思うものだぞ）

魔道師はくっくっと笑った。

（ましてやイグ＝ソッグは仮にも大導師と呼ばれたアグリッパの手になる制作物だ、自身の存在に多少の満足を感じていても当然であろう。またそうであればこそ、創造主が地上を去ったのちも研鑽を積み、いっぱしの魔道師としての力を手に入れたのだ。そう

馬鹿にしたものでもない）

（こやつめ自身がどう思っていようが知ったことか）

あごに手を当てて思案しているジャミーラを上目遣いに窺いながら、ブランは舌打ちした――あくまで精神だけで。

（問題はこの黒い魔女が納得するかどうかだ。この女が許しを出さなければ、俺はこの不細工なけだものの身体でずっとこの鎖を引きずっていなければならんのだろうが）

（いや待て、それはちと悲観的にすぎる考えのようだぞ）

イェライシャのなだめるような言葉とともに、黒曜石の女神像のように静止していたジャミーラが、ようやく腕をといてじろりと平伏するイグ＝ソッグの山羊頭を見下ろした。

「本当におまえ、イグ＝ソッグなんだね？」

「好きなように呼んでくれ、おお、黒き魔女タミヤよ」

額を床にこすりつけたまま、イグ＝ソッグの口でブランはまた哀願するようなすすり泣きをしてみせた。

「かつて俺たちはおろかな理由から争った。しかし今俺はめざめたのだ。この世においてミロク様以上に正しく、尊いお方などないことを、この自然のものならぬ肉の肉、血の血までもが知っている。俺はミロク様に全身全霊をもってお仕えし、偉大なる地上天国の建設に尽力したい。お願いだ、タミヤよ、以前の憎しみは捨てて、どうか同じミロクの兄弟、いや、ミロクの下僕として、この俺を迎え入れてくれ。もしもそうしてくれるなら、俺は、おまえの命令でこの頭をねじ切ってもかまわない」

「芝居じみたことを抜かすんじゃないよ、獣が」

〈ミロクの聖姫〉は吐き捨てたが、嫌悪と警戒の表情が、少しずつ興味と貪欲の色に塗り替えられてきた。

「おまえ、本当にあたしに協力するかい？」

とうとう、ジャミーラはずるそうな微笑を唇のはしに浮かべて言った。

「その鎖を外してやったら？　聖なるお方、五大師様がたに取りなして、醜い獣を一匹、〈ミロクの使徒〉に加えてくださるよう、お願いしてやったとしたら？　そしたらおまえ、恩に着て、あたしの言うことならなんでも聞くね？　きっと、そうするだろうね？」

「ミロク様の聖なる御手にかけて」

額を床にめりこませんばかりにして、イグ＝ソッグは叫んだ。

「この誓いにそむくことがあれば、この五体が裂かれて永遠の業火に投げ込まれるがいい。タミヤよ、どうか聖なる許しを賜《たまわ》るよう、いと高きご意志におすがりしてくれ、頼む、この通りだ。俺は必ずおまえに恩を返す、迷妄の闇から抜け出させてくださったミロク様の次におまえに仕える。俺はおまえの山羊だ、馬だ、犬ころだ、タミヤよ、どうかいいように使ってくれ。必ず後悔はさせぬ、約束する」

「さあ、それが本当だといいけれど」

わざとらしくそっぽをむいてため息をつくと、〈ミロクの聖姫〉は組んだ腕の片方を動かし、指先で軽く弾くような身振りをした。

すると同時にすべての鉄枷がはじけて落ち、へこんだ石畳に耳障りな音を立ててわだかまった。イグ＝ソッグの中のブランもようやくいくらか身体が軽くなったのを感じ、まんざらでもない喜びの声をあげた。

「ありがたい！　感謝するぞ、タミヤ、ミロクの姉妹よ！」

「その名前はもうあたしのじゃないんだよ」

黒い魔女はきびしく言った。

「あたしは〈ミロクの聖姫〉ジャミーラ、以前の罪にまみれたあたしといっしょに、タミヤって名前は捨てたのさ。だから、その名を口にするのはおよし。これからはあたしのことは、ジャミーラ様と呼ぶんだよ、わかったかい、この獣め」

巨大な山羊頭がぐらぐらと揺れた。

「わ、わかった、ジャミーラ……様」

「よし。それなら、立ち上がってついておいで。本当に改心したのかどうか、よっく見極めさせてもらわないとね。まずは、その汚い身体をきれいにしなきゃ。臭くって、とうていいられたもんじゃない」

イグ＝ソッグはふらふらと立ち上がり、天井に頭をぶつけてよろめいた。左右に広がった山羊の角が引っかかり、ぐるりと身体が回って、地響きをたてて倒れ込む。ジャミーラは罵り声を発して飛び退いた。

「気をおつけよ！　あたしが潰されるところだったじゃないか！」

「す、す、すまない」

頭を振りながらまた立ち上がろうとし、今度は膝がぐらついて、壁にもたれかかるように滑り落ちる。

「この、うすっ汚いのろまな合成獣《キメラ》が！」

床の汚物や骨や汚穢にまみれてもがいている頭上に、ジャミーラの悪口雑言《あっこうぞうごん》が雨のように降りかかってきた。

「助けてやってもいいのかどうか、もう心配になってきたよ。こんな馬鹿なのろまの山羊が、ほんとにあたしの役に立つのかねえ？　このままここで、腐らせてやったほうがいいような気がする」

「ああ、見捨てないでくれ、ジャミーラ様」

全身汚れ果てた姿で、みじめったらしくイグ＝ソッグは懇願した。

「少しばかり長い間じっとしていたせいで、骨があちこち痛むだけなんだ。外へ出て、背中を伸ばさせてくれれば竪琴の弦のようにぴんぴんする、だから、どうかそんな冷たいことを言わないでくれ」

「ほんとかねえ。あたしにゃ、どうにもそうは思えないけど」

意地悪く目をすがめながら、ジャミーラの目は悪意と喜悦に輝いていた。

「ま、いいさ。とにかくそのこびりついた汚れを落とすことだ、でないと、見苦しくってていられやしない。用意させるから、ちっとは見場をよくしてからおいで。五大師さまに会わせるのはそれからさね。何せ、聖なる方々だ、あんたみたいな下賤な人工生命が、お目通りできるだけありがたいと思うこったね」

それだけ言い捨てて、ジャミーラは身をひるがえした。黒い腰布が巻き上がったかと思うともうそこに魔女の姿はなく、麝香に似た彼女の強い体臭が、この場の悪臭にも負けず香っているばかりだった。

(どうやら、成功したと思っていいのだろうかな、老師)

扱いにくい四肢をまだもつらせながら、ブランは巨大な身体をもてあまし気味に壁に寄せかけた。実際に関節が固まっていたせいもあるが、実際のところは、人間とはあまりにも違う構造の身体を操るのに、ブランが苦労している事実のほうが大きかった。

(まあ、上々、といったところだろうよ。ここまではな)

あくまで飄々《ひょうひょう》とイェライイシャは応じた。

（タミヤ、ならぬジャミーラは、おそらくもとのルールバ、エイラハとは今も対立関係にあるらしい。おぬしの記憶からそれが読みとれる。おぬし――イグ＝ソッグ――がことは、競争相手に対する手駒の一つとして使う腹積もりでおるようだ。竜王の洗脳を受けておるとはいえ、あの女の生来の好色と傲慢、虚栄と嗜虐《しぎゃく》は変わっておらぬ。上手く擽《くすぐ》ってやれば、こちらの思うとおりに動かすのはそう難しくはあるまい）

（老師はそう仰《おっしゃ》るがな、実際にやるのはこの俺だぞ）

（はて、泣き言を口にするまい、ドライドンの騎士よ。そう情けない声を出すと、海神の髭に障るかもしれぬぞよ）

ブランはイグ＝ソッグの重たい頭を垂れて、陰気な呻き声を上げた。開いたままだった牢獄の入り口でどやどやと足音が入り乱れて、一団の男女が、長い柄つきのブラシと、大きな洗濯桶をいくつも持って入ってきた。

4

合成獣の巨体に染みついた汚れをこすり落とすのは一苦労だった。やるほうもやられるほうも、うんざりするような力仕事で、熱い湯と灰汁《あく》石鹼《せっけん》が桶にいくつも運び込まれ、鉄のような堅いブラシと軽石で、力任せにこすられる。イグ＝ソッグのブランは汚穢を片寄せられた牢獄に立ち尽くし、言われるままにかがんだり立ったり、腕を曲げたり伸ばしたりと、巨体を折り曲げて洗濯部隊の命令に従った。

「ああ、この臭いときたら！」

口と鼻を布でおおった信徒が不明瞭に呟いた。

「尊いミロク様そのお方でも、こんな汚らしい獣には顔をそむけられるのじゃあるまいか？　本当に〈ミロクの聖姫〉様は、こいつを五大師様の前にお出しになるおつもりなんだろうか」

「これ、めったなことを口にするでない」

いくらか年かさらしい信徒が叱った。彼らは隠し神殿の中でも位の低い、下働きに従事する階級の者たちらしかったが、それだけに、妙にゆがんだ優越感を自分たち以外の者に対して持っているようだった。床に腰を下ろした合成獣の鱗を力を込めてこすりながら、

「尊い聖者のお名前を気軽に口にすることなどあってはならぬ。いまだ五大師様への拝謁もかなわぬけだものの前ではもってのほかだ。われらの仕事はこの汚らしい獣を多少は人前に出してもさわりのない程度に仕上げる、それだけのことよ。上つ方々のお考えは、われわれ下々のおよばぬ場所にあると知るがよい」

じろりと睨みつけられて、若い信徒はあわてて合掌し、礼拝しようとしたが、その拍子に長柄のブラシを取り落として足にぶつけた。鉄のように堅い毛が臑をかすめ、擦り傷から血が流れ出した。若者はあわてて手で傷をおおい、不潔な獣に汚れを移されぬよう、朋輩に助けられて脇へ連れて行かれた。

（人間であれば、身体じゅう皮が裂けてすだれのようになっているところだな）

入れ替わった別の信徒に勢いよくブラシでこすられながら、ブランはぶすっと呟いた。人間ではないイグ＝ソッグの鱗は鋼鉄なみに堅く、獣毛におおわれた部分も岩のごとしだったので、どんなにこすられようが削られようが、傷一つつく様子もない。

肩に梯子がかけられ、上ってきた信徒が石鹼液をひっかけて山羊頭を洗いだす。瞼を閉じる暇もなく泡だった汚れ水をぶちまけられ、ブラン／イグ＝ソッグはまた呻いた。

一つしかない目に汚れて真っ黒になった石鹸水が流れ込み、ひどく痛んだ。

（苦労しておるようだの。あちらも、こちらも）

（あなたは良かろうよ、老師）

あまりにのんびりと他人事のような口調で言われて、ブランもさすがに腹をたてた。

（俺がこの忌々しい獣の身体で臭い地下牢にいましめられている間、あなたときたら、安楽なミロクの兄弟の家の庭で、日向ぼっこをしながらうとうとするふりをしていればいいのだからな）

（いや、いや、今はそういうわけではないぞ）

イェライシャはからかうような響きをこめて、

（もうとうに日は暮れたによって、親切なミロクの姉妹の手で夕食をあてがわれて、これから割り当ての寝台に楽に横になろうというところよ）

ただでさえ逆立っている神経をよけい逆撫でされて、ブランは思わず船乗り生活で習い覚えた罵言を立て続けに吐きそうになり、あやういところで堪えた。しかし内容は精神を通してイェライシャに伝わっていたらしく、大魔道師はいかにも楽しげに笑った。

（おぬしの苦労は察しておるよ、ドライドンの騎士）

ひとしきり笑いおさめて、イェライシャは真面目な口調に戻って言った。

（しかしわれとて、ただこうして暇を潰しているばかりでないことはわかって貰いたい。

こうして話している今も、われはヤガとこの隠し神殿に満ちる竜王の魔道の網をくぐって、ヨナ・ハンゼとフロリーの所在を探りつづけておるのだ。しかし、あまりにも力の網が濃く、強いために、一気に探り出すということができぬ。半歩進むにも、古代の巨象に針の穴を通らせるほどの注意が必要になると思ってもらいたい。これでもまだ、かなり控えめな形容なのだ、言っておくが)

(承知している)

仕方なしにブランは応じた。なにしろ魔道に関することは、全面的にイェライシャに頼るしかないのだ。そしてこの異様な隠し神殿には、魔道の素養のないブランでさえ肌に感じるほどの、強烈な何者かの力が満ち満ちている。

(とりあえず、こいつらにはせいぜい働かせておくさ。五大師とやらの前に出れば、また新たな手がかりがつかめるやもしれん。それまではまあ、おとなしく成り行きを見守るとしよう)

巨大な合成獣の身体からやっとおおかたの汚れがこすり落とされたころには、その場にいたもの全員が（イグ＝ソッグの中のブランをも含めて）うんざりしきっていた。ブランはわが精神を包んでいるおぞましい肉体から取り除かれた汚穢の数々を嫌悪のまなざしで見た。ことにおぞましいのは大桶いっぱいに山盛りになった、人工の血にも貪欲に食らいつく寄生虫の一種で、悪夢のような紫色の血に膨れあがってうごめく蟹ほどもあるだにに似た節足動物だった。

　そいつらが櫛の歯から払い落とされるのを見ると、ブランは故郷のヴァラキアで、底引き網漁師が同様に網から生きた蟹どもをふるい落としていた姿を連想し、身震いした。このの ち、蟹料理を食べるたびに、このことを思い出さずにはいられまい。

「ふん、どうやらいくらかましな姿になったようだね」

　いつのまにかジャミーラが戻ってきていた。仕上げに、ジャミーラが選んだらしい、鼻を刺す匂いの香水をたっぷりとまぶされる。鱗を磨き上げられ、もつれたたてがみにも櫛を入れられたイグ＝ソッグの巨体を、腰に手を当ててざっと見分したのち、

「じゃ、ついておいで」とジャミーラは言った。

「そののろまな図体でミロク様の神殿を壊すんじゃないよ。掻き傷のひとつでもつけたら、それ一個ごとに、その鱗でも焼き通すような焼き印をその毛だらけの尻に捺してやるからね」

　けっしてそんなことはしない、とイグ＝ソッグは熱烈に誓った。どうだか、とジャミーラは肩をすくめ、くるりと踵を返して牢獄を出た。

　イグ＝ソッグのブランはできるだけ頭を低くし、腰を折り曲げて従った。恭順の意を示すためでもあったが、なにしろ地下深くの通路の壁は狭い上に天井も低く、イグ＝ソッグの巨体が極力小さくならないことには進むこともできなかったのである。ことに細

くなっている場所では幅広い肩や頭がひっかかってしまい、ジャミーラの罵言を浴びせられながら、十数人がかりで引っ張り出されるはめになった。

「こんな面倒くさいことになるんだったら、あんたなんぞあの牢獄にいれっぱなしにしとくんだった」

ジャミーラはぶつぶつ言った。イグ＝ソッグはまた必死に、見捨てないでくれと足にすがらんばかりに懇願した。

つんと横を向きながらも、ジャミーラの黒い横顔には、へつらわれることへの満足と、優越感があふれかえっていた。合成獣の中で、ブランは嫌悪に唾を吐いた（あくまで比喩的な意味で）。

上層部へあがっていくと通路は広く、天井も高くなり、イグ＝ソッグもそれほど身をかがめなくてもよくなった。

土や石がむきだしで、地下水の染み出した水たまりに黴や苔がはびこり放題だった地下と違い、上へあがればあがるほど、そこには豪華絢爛な世界が広がっていた。表の神殿でさえ、古いミロク教にとっては充分けばけばしい、大仰すぎる建物だったが、この隠し神殿の中身は、神殿というよりも、成り上がりの趣味も何もない成金が、金にあかせて造ったような大宮殿のありさまをなしていた。

表にもつるされていた金張りの房付き提灯が、ここではいよいよ大きく、いよいよ華美になり、いたるところで赤や青や、幻灯機を思わせる七色の光を発していた。材質も金鍍金《きんめっき》ではなく正真の黄金のようで、地下の空気の中で重たげに垂れ下がり、多彩な色の絹房に移り変わる色を反射させながら煌々と燃えている。

柱の彫刻や壁の彩色もさらに細かく、豪華になり、本物の貴石や貴金属、上にあったがらくたとは比べものにならない貴重な美術品がばらまかれている。しかも、それらのすべてが宗教的であるとは必ずしもいえない。ブランが上で安手の女郎屋のようだと感じた装飾は、ここではあからさまに、高級売春宿の体をなしていた。

表の神殿ではそれなりに「ミロク様の尊像」とされていた彫像は、すっかりあからさまな愛欲の像や裸婦の彫像と化し、しかもまたけばけばしい色彩といたるところに散りばめられた宝石と金のきらめきのせいで、いっそう趣味の悪いおかみの存在を想像させる。

ところどころの小部屋には深紅の幕がおり、奥から、けっして祈りの声ではない含み笑いが聞こえてきた。ヴァラキアの娼館に行きなれたブランにはきわめてなじみ深いものだった。深紅の幕は厚いびろうどで、黄金の房と鎖がつき、小さな鈴がずらりと並んで、だれかがあげて入ってくればすぐにわかるようになっていた。

そして地下にもかかわらず、宮殿には庭があった。しかも広大な。

どこをどう通ったのかブランにはまったくわからなかったが、ある階段を上りきると、いきなり視界が開けた。まばゆい光が目を射し、ブランはイグ＝ソッグの巨大な一つ目を呻いて閉じた。ジャミーラは面白そうに眺めている。

「ここは高位の神官や、選ばれたあたしたち〈ミロクの使徒〉、それに五大師様がたが休憩に使われる庭だよ。まあ、あんたには関わりのない場所かもしれないね」

そう言いながらも見せつけるように、豪壮な庭を見渡せるように造られた、弓なりの装飾的な回廊をゆっくりと渡っていく。

手すりには隙間なくキタイ風の胴の長い竜と鬼、そのほか名も知れない怪物やなまめかしい女たちがからみあう像が彫り込まれ、銀と金とで縁取られている。床板はすべて高価な南海産の香木で張られているらしく、踏むたびに、小鳥の声を思わせるここちよい音と、さわやかな香りを振りまいた。黄金の籠灯籠はここにもずらりと並び、なまめかしい桃色の光を頭上に降らせる。一定の間隔をおいて獣の足を模した脚のついた青銅の香炉が並び、香木にあわせた馥郁《ふくいく》たる香りをあたりに振りまいていた。

庭には奇木珍木が集められ、それぞれに珍奇な花や葉や丹精された枝振りで妍《けん》を競っていた。回廊の少しむこうに、ブランの知るところでは、はるかタウシュの大密林の奥で、生き物の肉を栄養にして花開くという、カランバの木の真紅の花々が絢爛と咲きにおっていた。

異国の珍奇な花々が咲き乱れる園の中には白石で敷かれた小径がめぐり、だらしなく衣をはおった男女が互いにしなだれかかってそぞろ歩いていた。はだけた衣の襟や裾からなまめかしい白い太腿やゆたかな乳房が見え、男たちはそれに手を這わせてゆるみきった満悦の表情を浮かべている。

上の神殿ではもう少しおだやかな形で再現されていたミロクの一生のうち快楽にふける部分が、ここでは、技術と材質についてはるかに上質な分、強烈にあからさまな姿で再現されていた。裸体の美姫を組み敷くたくましいミロクの前世らしき王子の足もとで、まさに同じような行為に及んでいる男女入り乱れた一団もいた。女装した男子、男装した女もまじっていた。模造の男根を股間に振りたてた女が酔ったような高笑いを上げながら、だぶだぶと太って細い声で作り声の悲鳴をあげているとけた雪だるまのようなでぶの神官相手に、冒瀆的かつとんでもない行為に及んでいた。

庭の中心には色のついた水を噴き上げる噴水をそなえた広大な泉水もあった。これは地下から温かい水を引いているらしく、薔薇色の湯気をあげて、あたりの空気をアシュミルで産するあわい葡萄酒のような繊細な薄紅にけむらせていた。薔薇色の湯気にひたって、こちらでも、裸になった集団がしぶきを上げながら戯れていた。おそらく湯の下の見えない部分では、見えているよりもっとけしからぬ行為が行われているのだろう。

仮にも清貧と純潔を旨とする教団の地下で、あまりにも堂々と行われている冒瀆行為にさすがのブランも度肝をぬかれていたが、ジャミーラの方はもはや慣れきった光景らしく、興味のない顔で一瞥しただけで回廊を進んでいった。

すれ違う僧侶や神官、〈ミロクの騎士〉たちが、従順な犬のようにジャミーラのあとをついて歩む異形の怪物を見てたちまち顔色をなくした。あわてて通路を曲がり、どこかへ姿を消すものも多かった。ジャミーラは自分の後ろのイグ＝ソッグの姿が人に与える恐怖と威嚇に、十分満足しているようだった。

「ごらんよ、笑えるじゃないか」

黄衣をまとった僧たちの一団が転げるように逃げていくのを見て、ジャミーラが面白そうに鼻を鳴らした。

「普段はしかつめらしい顔をしていたって、どうせ人間なんてあんなもんさ。馬鹿どもに向かって聖者面しても、あんたみたいな化け物には肝を飛ばして逃げ出すってわけさ。修行が聞いてあきれる」

「あれは聖なる方々ではないのか？」

イグ＝ソッグのブランはわざと目を丸くした。ジャミーラはあきれたようにじろりと合成獣を睨み、

「ほんとに聖なると言えるのはミロク様その方だけさ。あとはこの神殿を代表する五大師様がた、それから、超越大師様」

「超越大師様……」

「あの方はミロク様ご自身と直接み言葉を交わされるお方なのさ。この神殿でほんとに最高に神聖と言えるのは、あの方だけだよ」

黒い魔女の目にうっとりしたような色が浮かぶのを見て、ブランはあっけにとられた。色欲にかられたのではなくて、この女がそのような表情を浮かべられるとは思いもよらなかったからである。それほど彼女は心からその超越大師とやらを信じ、敬服しているらしかった。

「俺はその超越大師様に会わせてもらえるのか？　いつ？」

「急ぐんじゃないよ、獣め」

ジャミーラはまた不機嫌になって、小さな雷をイグ＝ソッグの目に投げつけた。針を刺されたように目が痛み、涙があふれ出た。

「まずはあんたを五大師様に見せて、正真からミロク様に帰依しているのか判定していただく、話はそれからだよ。超越大師様はあたしたち〈ミロクの使徒〉でさえ、めったに会えないお方なんだ。おまえみたいな賤《いや》しい獣が、一足飛びに面会なんて、身の程を知るこったね」

またもやイグ＝ソッグのブランは話を急ぎすぎたことに気づき、必死に謝らねばならなかった。ジャミーラがいくらか機嫌を直すのを見極めて、

「それでは、〈ミロクの使徒〉とはどういうものなのだ？　話を聞いていると、おまえ

は〈ミロクの聖姫〉と呼ばれているが、それも〈ミロクの使徒〉の一人なのか？　ほかには、どのような方々がいらっしゃるのだ」

「『方々』なんて、上等な呼び方をしてやる必要はないよ」

吐き捨てるようにジャミーラは言って、床を蹴った。

「ま、あんたも面識がない相手じゃあないけどね、獣。石の目玉をしたルールバと、ちび助の醜男《しこお》のエイラハ、覚えてるかい」

「なんとなく聞き覚えはあるような気がする……俺は……そうだ、俺たちは、サイロンで戦った……」

「それっくらいはあんたの山羊頭にも残ってるようだね。そうさ、あいつらは、このあたしと同じくミロク様の洗礼を受けて、〈ミロクの使徒〉としてヤガとミロク教のために働く身になっているのさ」

鼻を鳴らしたジャミーラは腹立たしげに床を踏みならし、回廊の角を曲がってきた神官の一団があわてて道を避けた。

「だけど、見ちゃいられないよ、あいつらの無能ぶりと、そのくせ姑息に他人の獲物をかっさらっていくやり口は。せっかくあたし自身が出向いて捕まえた獲物を、ベイラーの野郎と来たら、澄まし顔でさっさと横からかっさらって行きやがるし……」

「ベイラー？　ベイラーとはだれだ？」

イグ＝ソッグのブランは不思議がってみせた。

「ああ、あんたがルールバっていう名前で知ってた男のことさ」

どうでもよさそうにジャミーラは答えた。

「あたしたちはミロク様のみ教えを受けて生まれ変わると同時に、以前の生で名乗っていた名前も捨てたんだ。あたしはジャミーラ、ルールバはベイラー、あの醜男のエイラハはイラーグ。ま、奴らのことなんて覚えなくていいんだよ、あんたは、あたしにだけ忠誠を誓ってればいいんだからね。わかったらその山羊頭に、しっかり叩きこんどきな」

ジャミーラは堂々と園の小径を進んでいく。先へ行くほど濃くなってくるこの甘い薔薇色の湯気にはなにか媚薬に類するものが含まれていると見え、ブランの人間の部分はなにやら胸のあたりにざわつくものを覚えた。だが、人造生命であるイグ＝ソッグには生殖能力はなく、当然、それに必要な本能も器官も持っていなかったので、居心地悪く肩を縮めるだけですんだ。

「あんたの頭にふさわしい持ち物がくっついてたら、随分な人気者になれたろうにね」

ジャミーラが意地悪く言って、鱗に覆われてつるりとしたイグ＝ソッグの股間に流し目を送った。どう反応してよいかわからず、ブランはただイグ＝ソッグの巨大な頭をうつむけて、ひたすらかしこまっているしかなかった。

「ああ、〈ミロクの聖姫〉様、わたくしどもにお情けを」

イグ＝ソッグをつれたジャミーラが階《きざはし》を降りていくと、目ざとく見つけた信者たちがわれ勝ちにすり寄ってきた。

「その聖なるおみ脚でどうぞこの汚らしい下僕をお踏みください、聖姫様ミロクのお情けをこの身にもお分けくださいい」

「いえ、どうぞこのあたくしめに、ジャミーラ様、あたくしはこんなに若く、こんなに美しゅうございます。ミロク様のもとにはべった美姫の悦びを、どうぞあたくしにもお教えくださいまし」

「その漆黒の手でこの尻をお打ちください、ミロク様の痛みをこの身に感じることができますように、どうぞ」

「その白い歯で、この肉を食いちぎって血をすすってくださいまし」

「ああ、〈ミロクの聖姫〉様、祝福されしミロクの使徒様」

「〈聖姫〉様、ジャミーラ様、どうか、どうか」

「ああ、うるさい、うるさい」

脚にすがりついて懇願する高僧や神官、それに女たちを、ジャミーラは心底うるさそうに左右に蹴散らし、尻を蹴り、横っ面をひっぱたき、腹這いになった背中を思いきり踵で踏みつけた。

「満足かい、え、この信心深い皆々様方。あたしの与えるものはすべてミロク様の与えるものだと知りな、なんたってあたしは、五大師様と超越大師様じきじきに選ばれた、つまりはミロク様その方がお選びになった、聖なる使徒なんだからね。あんたたちみたいのとは、もとから格が違うんだよ。いくら下っ端の信徒の前で殊勝な顔をして見せていても、ごらん、あたしの前じゃ、建前もくそもあったもんじゃやなかろうがね」

「ああ、おっしゃる通りです、いと貴き聖姫様」

踏みつけられ、蹴り飛ばされながら、いかにも恍惚とした信徒たちは声をそろえた。手荒く扱われ、ほとんどのものが血を流し、痣《あざ》を作り、踏みつけられたまま潰れた昆虫のようにべったりと石畳に広がったまま、それらの顔はみなぞっとするようなうつろな至福に満ちていた。

「われらはミロク様のしもべです、ミロク様こそわれわれの導き主であり、救い主であります。あなたさまはわたくしどもに、ミロク様の福音をお伝えくださいます尊い使徒様でいらっしゃいます。どうぞもっとわれらにミロク様の愛を、どうぞ、どうぞ」

「欲張るんじゃないよ。みっともないやつらだね」

這い寄ってきて裸足の黒い爪先に口づけようとした太った男を、ジャミーラは蹴り飛ばした。口をまともに蹴られた男は呻き声も上げずに吹き飛び、後ろざまに転がって動かなくなった。飛び散った歯が血のしずくといっしょに、小石のように散らばった。あたりに這いつくばっていた信徒たちは、餓えた獣のような目つきで蹴られた男を見た。刺すような嫉妬と羨望が、欲望にくもった瞳に煮えたぎっていた。

「あたしはこれでも忙しいのさ、あんたたちの相手をいちいちしている暇はないんだよ。これから五大師様に、この小汚い獣を引き合わせなきゃならないんでね」

「こちら——この——方も、聖姫様のお仲間の方なのでしょうか」

ブランが驚いたことに、ジャミーラが口にするまで、信徒たちはすぐ後ろにいたイグ＝ソッグの巨大な異形に気がつきもしていなかったらしい。

少しは驚くか怖がるかと思いきや、回廊で出会った神官たちと違い、高位であるせいかはたまた薬で単にぼうっとしているだけか、黙ったままぬうっとそびえ立っている山羊頭の巨体のたくましさに、舌なめずりするような視線を向けてくるものすらいる。

「五大師様がお認めになれば、この方も、こちらにいらっしゃることがありましょうか」

女の衣服をまとい、頬紅をはたいた男が、妙に甲高い声で言ってしなを作った。

「見たところ、人のようなお道具はお持ちでない様子。しかし、あらゆる者に転生なされ、あらゆる苦痛とあらゆる快楽を知り尽くしていらっしゃるミロク様のことでございますから、きっとこのお方も、ミロク様が経験してこられた新たなる快楽を、わたくしどもにもたらしてくださると信じておりまする」

「ま、好きなように信じてりゃいいがね」

気のなさそうにジャミーラは言って、すり寄ってきた男をつかみ上げ、妖艶な笑みを浮かべて顔を近づけたかと思うと、いきなり白い歯をむき出し、狼のようにその男の頬肉を嚙みとった。

黒いあごを伝って鮮血がしたたり落ち、漆黒の肌に吸い込まれるように消えた。しばらく口を動かしていたかと思うと、「まずい」と一言言い捨てて、ジャミーラはぺっと肉片を吐き出した。妙に黄色みを帯びた、ぶよぶよした脂肪まみれの肉の破片は、唾液と血の入り交じった薄桃色の液体にまみれて石畳に口づけのような音を立てて落ちた。

「どうだい、今のがミロク様が体験した、虎に食われる男の苦痛ってやつだよ。ま、あんたたち程度の信心じゃ本物には耐えられそうにないから、だいぶ加減してやったけどね。満足したらそこをおどき。あたしゃ忙しいんだよ」

畏れかしこみながら、信徒たちは後ろに下がって道をあけた。頬肉を食いちぎられ、だらだら血を流している男も、身を起こして這いつくばった。大きく嚙みとられて穴のあいた頬から、血まみれの白い歯列がにやにや笑いのようにのぞいているのを見て、ブランは胸が悪くなった。蹴飛ばされて歯を折られた男も、折られた歯と自分の血の上にぬかずき、苦痛など感じていないかのように恍惚とした目を向けている。

「ミロク様のお恵みがわれらにございますよう」

堂々と通り過ぎるジャミーラとイグ＝ソッグに、頭を地面にすりつけた信徒たちは声をそろえて唱えた。頬に穴のあいた男と前歯をすべて失った男のものは多少不明瞭だったが。

「ミロク様の楽士が一刻も早く地上に下りますよう。すべての民がミロク様のみ教えを頂き、聖なる智慧を得ますよう」

もはや振り向きもせずに、ジャミーラは小道を通り抜けて反対側の回廊への段を急ぎ足にあがった。

同じく段をあがりかけて、後ろで起こったわめき声にブランのイグ＝ソッグは思わず振り向いた。ジャミーラが先ほど吐き捨てた男の頬肉を、人々が争って奪い合っているところだった。血まみれの人間の肉片をつかみ取り、ちぎり取ったかけらを、我がちに口の中へ押し込んで恍惚としている。ブランは吐き気をおぼえて目をそらした。

「まったく！」

回廊を曲がり、声が聞こえなくなると、憤然と彼女は言った。

「ああいう馬鹿どもにはうんざりしちまうよ。ま、ヤガに集まってる有象無象どもにとっちゃ、あれでも大層な聖者様ぞろいなんだがね。聖なるおつとめってのもまあ、大変なもんなんだねえ」

満足した虎のように、桃色の舌が分厚い唇をなめた。頬に飛び散った男の血をなめて目を細めているジャミーラはまさに食らい酔った雌虎のようだった。

「俺には、どうもわからないのだが」

猫のように髭でも洗いたそうなジャミーラについてあがりながら、我慢できなくなってブランは尋ねた。庭園で目にしたことにかなり動揺していた。血まみれの人間の頬肉を獣のように奪い合っていた人々。あそこに充満していたのは単なる享楽や堕落ではなく、もっと根深い、人間性を根本から腐らせていく有害なものに思えたのだった。

「ああいったことも聖なる勤行のひとつなのだろうか？　俺は、ミロク様は兄弟姉妹に清貧と純潔をお教えになったと思っていたが」

「ああ、まあ、そりゃ下っ端どもに対してはね！」

ジャミーラは身を揺すってげらげら笑った。

「まだミロク様の深いみ教えに触れる資格のない平信徒は、黙って上つお方の言う通りにしてりゃいいんだけどさ。それでも好きな相手をいくらでも手に入れることができるのが〈新しきミロク〉の教えのすてきなとこさ。それでさっきの庭はね、『いと深き智慧の園』って言うんだ。なんでだかわかるかい、山羊頭」

ブランは当惑したふりでイグ＝ソッグの頭を振った。ジャミーラは返事など期待していなかったふうですぐに言葉を継ぎ、

「いいかい、ミロク様はね、たくさんの人間や生き物に転生して、あらゆる物の気持ち

のを理解しようとしなすった。つまりいろんな人間や動物の苦しみや悲しみを体験するのとおんなじに、ありとあらゆる快楽、女や食物や酒や賭け事、いい気持ちになる薬にそのほかいろんな堕落と世間では呼ばれることだって、体験しなすったということだ。そうなると、ミロク様のみ教えをより深く理解しようとするなら、苦しみだけじゃなく、快楽のほうだって、ミロク様と同じくらい体験しなけりゃならないだろう——こいつが『いと深き智慧の園』の目的だよ」

ジャミーラは思いがけず敬虔な身振りでミロクの印を切ってみせた。

ブランはイグ＝ソッグの一つ目で、ジャミーラの態度にこちらをからかったりごまかしたりしようとするものがないかどうか窺った。

だが、そんなものはなかった。ジャミーラは完全に、いま自分が語った理屈を信じているようだった。もう一度ぺろりと唇をなめ、あとにしてきた園を振り返って、

「だからあたしもときどきあそこへ行って、やつらの修行に手をかしてやるのさ。なんたってあたしは〈ミロクの聖姫〉、あいつらよりもっと高い位階にある者だから、下のものの修行の導師になってやらなきゃならないのさ。それに」妖艶そのものの笑みを浮かべて、「ちっとは楽しくないこともないからね。あそこの〈お勤め〉ってやつは」

ブランは口を引き結んだ。イグ＝ソッグの身体も連動して耳まで裂けた大口をぐいと結んだが、ジャミーラはもう見ておらず、次々と現れる複雑な通路を進んでいくのに集

中していているようだった。見失わないようについていきながら、ブランは、〈新しきミロク〉の変質が恐るべき段階に達しつつあることを思って、愕然とした。

　ブランのあがめる海神ドライドンは、スカールの信じる草原神モスと似通った部分がある。つまり人にあまり干渉しないということである。

　ドライドンは海を荒らし、また凪《な》がせ、津波で街を打ち倒すかと思うと、すばらしい落日でもって自らの領域を黄金で飾る。漁師たちにはときに船が沈むほどの大漁をもたらすが、船底が干上がるほどの長い不漁をもたらすこともある。船乗りたちに安全快適な航海を提供するかと思えば、翌日には思いもしない横波で船を転覆させる。そして海に沈んだ者を自らの宮殿に迎え入れ、それぞれの魂に合った扱いを与える。

　ドライドンは気まぐれな神であり、人の祈りに応えることはほとんどない。船乗りたちは航海の安全のためにドライドンの小像を帆柱に祭り、漁師たちは漁船の舳先《へさき》にドライドンの印を刻み込むが、それらはいわば海の神に対する「あいさつ」のようなもので、本当にあてにしているのは、おのれ自身の運と腕前、海の男としての強さとしぶとさのほうである。

　ドライドンは自らの懐から新たな魂を地上へ放つ時にそれらを与えてくれるのであり、ドライドンへの祈りがもたらすのは、贈り物を十全に発揮するという、一種の決意である。

ドライドンは気まぐれに幸運と不運を振りまく、偉大なる海そのものであった。ブランはオルニウス号の乗組員としても、またカメロンについてドライドン騎士団の一員となってからも、ドライドンの贈り物を最大限に生かしつつ生きてきたつもりだった。そこで犯した悪徳も美徳もブラン自身のものであり、死んでドライドンの海底の宮に戻っても、誇らしく頭をあげて、これが自分であると言い切ることができた。

だが、この〈新しきミロク〉の徒はどうだ。悪徳や堕落にふけるのでさえ、『ミロク様の教えを理解するため』などという、ばかげたお題目を唱えているとは、なんということだ。

もともとミロク教の無抵抗主義、いつかミロクが降臨してすべてを救ってくれるという他人頼みな性質は、独立独歩な海の男のブランには気に入らないところだったが、それでも清貧と純潔をかたく守り、隣人同士助け合う、しごく平和で穏健なところはそれなりに尊敬してもいたのだ。

だが、あれは違う。〈新しきミロク〉、『深き智慧の園』で繰り広げられていた堕落と悪徳の宴は、それが信仰、修行という偽善に彩られているために、より十倍も邪悪かつ有害であるとブランには思えた。

女郎宿で仲間といっしょに乱痴気騒ぎをしたことはある。賭け事で航海で稼いだ金を一晩ですってしまったことも、危険のまっただ中で剣をふるい、血に酔いしれて踊ったことも。

しかしそれらはすべてブラン自身のしたことであり、けっしてドライドンのためなどではない。ドライドンは人間のささいな善行も悪行も、同じく気に止めない。ブランの悪徳はブラン自身のものであり、それを神であろうと聖者であろうと、だれかの名前にかずけることなど、考えたこともなかった。それは人としての恥辱にほかならず、自らの悪から顔をそむけることこそ、悪よりもさらに重大な悪徳である。

『深き智慧の園』は、まさにその最大の悪徳を体現していた。信仰心という美名のもとに、自らの欲望をさらけだす場所。

自分のせいではないと思えれば、人間はいくらでも恥知らずになれることをブランは知っていた。戦争のまっただ中で敵兵を殺すとき、征服した都市を略奪し女を犯すとき、兵士は罪を感じない。それらは上官の命令であり、同時に、戦争の名のもとにすべて許される行為だからだ。

そうした惰弱な精神を、カメロンは忌み嫌っていた。ブランたちオルニウス号の乗組員にも常々、「自らの意志をかたく持て、ドライドンへの祈りはおのれの魂への誓いを強くするのだと思え」と告げていた。

誇りなき人間は、獣に墜ちる。『深き智慧の園』はまさに、人間から巧妙に誇りを抜き取り、意志を骨抜きにし、たやすく操られる肉の人形に変えるための場所だ。

あそこに蠢いていた者どもが高位の神官や僧ならば、〈新しきミロク〉は、まさに中原を腐らせる毒にほかならないとブランは拳を握りしめた。

もしああいった輩に支配されたミロク教が中原を席巻し、ミロクの名のもとにいかなる悪も許されるとなれば、竜王の介入などなくとも、国々も人の心も腐り落ち、見えない鎖につながれて這い回る犬となるだろう。

なんとしても、ヤガに救ったこの病毒の心臓をさぐりあて、息の根を止めねばならない――そう、ブランが決意を新たにしたとき、

「さあ、ついたよ」

ジャミーラがついに足を止めた。

「ここが、隠し神殿の最奥の宮――五大師様、そして超越大師ヤロール様が、信徒と謁見なさる聖所さ」

5

巨大な扉が目の前にあった。目にしみるほど鮮やかな緋と金色に塗られており、貴石と黄金とで、ミロク十字のしるしが両開きの戸の真ん中に大きく表されていた。

扉のふちはぐるりと竜や雲や薄衣をまとった天女などがからみあう飾り彫りで囲まれ、そこここに、金鈴やちゃらちゃら鳴る金の薄板などで飾られた五色の布が張り渡されて、めまいのするような色の洪水だった。

上にもあった籠灯籠はここに至ってひときわ巨大になり、イグ＝ソッグの頭よりまだ大きいほどの大灯籠が、おびただしい絹房と金鎖と鈴に飾られて、高い天井できらめいていた。もっと小ぶりな灯籠も無数につるされており、赤い絨毯でおおわれた床の上に、ジャミーラとならぶイグ＝ソッグの魁偉《かいい》な影をいくつも投げた。

さらに円形になった壁面にはぐるりと龕《がん》が設けられ、見上げるようなミロク像が、扉に相対する形で赤い唇にほほえみを浮かべていた。見たところ、おそろしく巨大な象牙を彫って組み合わせ、宝石をはめ込んで彩色を加えたものに見えた。

ミロクの膨らんだ胸には幾重もの宝石入りの瓔珞《ようらく》が下がり、頭上の天蓋からは大粒の水晶をつらねた飾りが雨のように垂れていた。広い額にはぎょっとするほど大きな青玉《サファイア》がはめ込まれ、第三の目のように、足下に集う人間たちにむけて冷たい光を放っていた。

さらにミロク像を囲むようにして、ミロクを護持するらしい、神格化された戦士像もあった。不戦と無抵抗をこととする以前のミロク教では考えられなかったことだ。戦士たちは東洋風の、曲線をえがいた装飾的な甲冑に身を固め、剣や槍、槌や分銅つきの縛鎖を手にし、憤怒の、あるいは威嚇の表情で身構えていた。先のとがった沓《くつ》の下には醜くゆがんだ姿の悪鬼が踏まえられており、哀願するように、不格好な顔を仰向けていた。

謁見を待つ人間のためらしい、そっけない木の椅子が壁際に並べられていた。ほかのものが目もくらむばかりに豪奢《ごうしゃ》なのに比べて、この椅子はなんの飾りもなく、背はまっすぐで、座布団ひとつついていなかった。おそらく、ここに来た人間に自分の地位を思い知らせ、あたりの豪奢に比して自分の卑小さを再確認させるために、わざと粗末にしてあるのだと思われた。ブランは再び胸のむかつく思いを抑え込んだ。

「〈ミロクの聖姫〉、ジャミーラ、参上いたしましてございます」

椅子には座らず、ジャミーラは直接、扉にむけてうやうやしく身を折った。この女の普段のがさつなふるまいからすれば、驚くほど優雅で慇懃《いんぎん》なしぐさだった。呼びかけた声が幾重にも反響しながら、尾を引いてゆっくりと消えていった。大灯籠の燃える音がかすかに響いていた。

『入るがよい、〈ミロクの聖姫〉よ』

ややあって、扉のうちからくぐもった声が返ってきた。

『ちょうど、ほかの使徒たちも揃うたところよ。話し合うべきこともある。その獣をつれて、入ってくるがよいぞ』

ほかの使徒たち、という一言で、ブランは耳をそばだてた。イグ゠ソッグの突き出た毛だらけの耳がひくつくのを意識し、あわてて抑える。

ジャミーラは一瞬顔をゆがめると、「仰せのままに」と、床につくほど頭を垂れて合掌した。そして起き直ると、扉にむかって足を踏み出した。ふと気づいたように振り向くと、後ろの怪物に向かって舌を鳴らし、

「いいかい、へますんじゃないよ、このいやったらしい獣が」

と指を突きつけた。

「こちらにいらっしゃる方々はね、ほんとならあんたみたいな馬鹿な臭い山羊頭がお目にかかれるような方じゃないんだ。あたしがいなきゃ、あんたは今この瞬間だってあの糞まみれの地下牢で、おんおん吠えてなきゃならないところなんだからね。そこんところをよくわきまえて、大人しくして、よけいな口を叩くんじゃないよ、わかったのかい」

「わ、わ、わ、わかった」

　イグ＝ソッグのブランがいかにも愚鈍そうに、おどおどと何度も頭を上下にがくがくさせたので、ジャミーラはいくらか満足したようだった。長い黒髪をさっと振り、大股に扉に歩み寄った。だれの手が動いたようでもないのに大扉はすべるように開き、魔女と合成獣を内側へと迎え入れた。

　三人の頭を剃り上げた人物が、何重にも重ねた法衣に埋もれるようにして腰を下ろしていた。椅子はどれも大きく、身体をすっぽり包み込むように湾曲していて、背もたれの上には大きなミロク十字が光背のように立っていた。肘掛けにもクッションにも至るところに同じ意匠が見受けられた。奥には秘密めかして扉を閉めた龕と、何者かのために用意された一段高い座が設けられており、磨き上げられた白大理石が冷たく光っていた。

　内部の装飾は外に比べると簡素なものだったが、よく見ると、外のものとは段違いに高価な材料で作られていた。白いところはほとんどが象牙の板、黒いところは黒珊瑚と黒曜石で張られており、ところどころにアマレドのある鉱山でしかとれない貴重な黒い金剛石が、動物の目のように鋭く光っていた。外の華美な装飾よりさらに大金が、この一室に使われていることは明白だった。

　そうした中に腰掛けている三人は、どれも老人だった。ひとりは鶏がらのように痩せこけて、たるんだ喉を鶏冠《とさか》のようにぶらぶらさせている。真ん中に座した一人は僧にはそぐわぬこすからそうな目つきの小男で、貧弱な顎を気にしているのか、僧衣の縁に埋めるようにして上目遣いに周囲を見ていた。三人目は縦にひょろながい、妙に間延びした顔の年寄りで、誰かが頭の先と足の先をつまんで引き延ばしたかのようだった。目の下のたるんだ顔も間延びして、半開きになった口からは涎が垂れ、どうにも名僧智識に見える顔ではなかった。

「ウォン・タン様、ワン・イー様、ファン・リン様」

ジャミーラがその場に膝をついてうやうやしく礼拝した。それからちらっと後ろを見上げ、きしるような声で、

「何してるんだい、あんたもちゃんとお辞儀しな。聖なる方々を礼拝するんだよ。あたしとおんなじようにするんだ、早く」

ブランのイグ＝ソッグはあわてて従った。膝を折ろうとしたが、急いだためにブランが操り方を間違え、無様に片膝をついて横へごろりと転がってしまった。起きあがろうともがくイグ＝ソッグの上へ、低声《こごえ》ながらもジャミーラの容赦ない罵詈雑言が降りかかる。

「まあ、そのくらいにしておいてやるがよい、〈ミロクの聖姫〉よ」

鶏がらのような老人が風の吹き抜けるような細い声で言った。

「立って、その生き物をよくわれらに見せてみよ。……この者が正気を取り戻したという報告を受けているが、本当かな？　ミロク様の新しき教えに、間違いなく帰依しておるのか？」

「正気、という言葉がこのいやったらしい獣に当てはまるかどうか、あたくしは存じませんが」

やっと起きあがってひざまずいたイグ＝ソッグにうろんげな目を向けながら、ジャミーラは渋々と、

「しかし、前みたいにぎゃあぎゃあわめき散らして暴れるだけという状態ではないようです。ちゃんと調教すれば、少しは使えるかもしれないと思い、こうして、五大師様方のお目を煩わすことにしたわけでございますが」

「お、俺、ミロク様にお仕えいたします。なんでもします」

ブランは愚鈍な口調を装って頭をゆらゆらと振った。

「それからあのう、五大師様っておっしゃってたけど、あとのお二人はどこにいらっしゃるんでしょうか」

「余計な口をきくんじゃないよ、獣め」

ジャミーラには睨みつけられたが、三人の老人は気にしなかった。左端のひょろながい老人が、これまた膝まで届くほど長い半白の髭を撫でながら、

「ああ、ウェイ・ロン師なら先ほど『深き智慧の園』に勤行《ごんぎょう》に参られたぞ。今頃は信徒たちとともにミロク様の御魂と一体となり、さらなる徳を積んでおられることであろう」

「はい、お見かけしましたわ。途中で『園』を通りましたもので」

ジャミーラは突き出した胸をゆすって微笑し、血の味を思い出すかのように舌なめずりした。

「もちろん、お声はかけませんでしたけど。あそこでは勤行の間は、みんなミロク様となって名前など忘れるのがきまりですもの。でも、『園』なりの流儀で、ご挨拶だけはさせていただきましたわ」

鶏がらの老人が喉のたるみをゆすってしゃっくりのような音を立て、真ん中の小男がいよいよ顎を僧衣に埋めた。小さなずるそうな目はジャミーラの見事な乳房にぴったり張りついている。

(すると、あそこで醜態をさらしていた奴らの一人が聖者様というわけか。とんでもない話だ)

げんなりしながら、ブランはなおも不思議そうな口調をつくろって、

「でも、それでもまた四人でしょう。俺、数数えられます、知ってます。……五大師様、あともう一人足りない。あともうお一人は、どこにいらっしゃるんで？」

とたん、部屋の空気が凍りついた。ジャミーラが手を振り上げ、山羊頭で唯一弱い目と瞼の縁を正確にぴしりと打った。

ブランのイグ＝ソッグは泣き声をあげて頭を抱えた。丸めた背中に、容赦ない打擲《ちょうちゃく》が降り注いだ。鋼鉄のような鱗をも突き通す、強烈な痛みを与える力がこめられていた。

「悪かった、俺が悪かった、謝る、謝るからもう打たないでくれ」

すすり泣きながらイグ＝ソッグは懇願した。

「もうよけいな口はきかない。黙って五大師様とジャミーラ様の言うことを聞く、俺はミロク様にお仕えする、五大師様とジャミーラ様にいっしょうけんめいお仕えする」

「最初からそうやって身の程を知ってりゃいいんだ、獣め」

いささか息を切らしながら、ジャミーラはどこからか取り出していた炎を上げる鞭をまた空中のどこかに放り上げて消した。

「あんたは質問をするためにここに連れてこられたんじゃないんだよ、わかってるのかい。ほんとにミロク様にお仕えする資格があるかどうか、聖なる方々に見極めてもらおうってんじゃないか。あんまり生意気な口をきくようなら、またあの地下牢に逆戻りだよ、それでもいいのかい」

「ああ、それだけは許してくれ、地下牢はいやだ、地下牢はいやだ」

イグ＝ソッグはいかにも恐ろしそうに何度もかぶりを振った。

「それじゃ黙ってそこにじっとしといで。口を利いたり、ちょっとでも動いたりしたら、また鞭だからね。五大師様方、ごらんの通りの愚鈍なけだものですけど、使い道はございますでしょうかねえ」

「ふうむ」

ひょろながい老人が鼻から長々と息を吹き出した。

「少なくとも、力はありそうだの。……異教徒どもに相対するときには、いささかの役に立つかもしれん。たしかにおぞましい外見だが、そなたがきっちり仕込めるというのであれば、〈ミロクの聖姫〉よ、それなりの用はこなせるかもしれんな」

「ヤガにはまだまだ戦力が必要なときでもある」

中央の小男が妙に甲高い声で言った。

「あまり表には出せん姿ではあるが、それなら、ババヤガとかいうあの怪物も同様であるしな。言語を解する分、こちらのほうが扱いやすいやもしれん。頑丈そうでもある」

「頑丈なのと、馬鹿力だけは保証いたしますわ」

うずくまって頭を垂れているイグ＝ソッグを軽く蹴り、ジャミーラは昂然と頭をそらした。

「脳味噌はないも同然の人工生命ですけど、それでも、昔は魔術師なんて名乗ってた生意気な奴ですからね。今はまだ魔道のほうは思い出してないみたいですけど、だんだんにあたくしが仕込んで、もっとお役に立つようにし向けてみせますとも。あの、すっかりおかしくなっちまったババヤガなんぞより、ずっとね」

「これはまた、聞き捨てならぬことを言うではないか、ジャミーラよ」

部屋の隅の暗い幕の後ろから潰れたような声がした。

ブランはこっそりとそちらへイグ＝ソッグの大目玉を動かしてみて、息をのんだ。踏みつぶされた人間と蟾蜍《ひきがえる》をあわせたような、見たこともないほど醜い矮人が、あばただらけの潰れた顔に笑みらしきものを浮かべながら、ゆっくりと進み出てきたのだ。

小さな目はどろりと濁った黄色に燃えており、鼻はでこぼこした灰色の皮膚についた二つの穴にすぎない。薄い唇はないも同然で、ナイフで切れ目を入れたような口はおそろしく大きく、蛙めいた印象をいっそう強めている。全身から発散している邪悪とねじれた悪意は、黒い霧となって目に見えるようだった。

太い猪首は分厚い肩にめりこむほど短く、強健な上体に比べて、がに股の足は細くねじれている。曲がった背中は大きな荷物をしょい込んででもいるようだ。身体全体の不釣り合いさが、この男が漂わせているなんとも不安な、そこにいるだけでじわじわと毒をしみこませてくるような異様な存在感に加わり、おぞましい顔とあいまって、見ているだけで背筋の粟立つような嫌悪感をあおり立てられる。

「ふん、あんたかい、イラーグ」

吐き捨てたジャミーラの舌先からは酸でも滴っているようだった。

「ババヤガを使ってなにかしているようだけど、たかが女ひとり捕まえたくらいで、調子に乗らないことだね。あの堆肥の山にどれだけのことができるにしたって、あんなやせっぽちの女ひとり、手柄にもなんにもなりゃしないじゃないか。その点あたしは——

——」

「ヨナ・ハンゼ博士を手に入れた、かな？」

気取った口調の声がひびいて、歯をむき出している矮人の後ろに、もう一人長身の男が佇んだ。

「ベイラー！」

ジャミーラの目が燃え上がった。自分がいる場所も忘れたようすで、さっと跳ね上がり、雌豹のような身ごなしであとから出てきた男に飛びかかろうとした。

「いかんな、〈ミロクの聖姫〉。五大師の御前であることを忘れては」

男は退屈そうに手を挙げ、ジャミーラをとどめた。ジャミーラは空中で見えない手に跳ね返されたように止まり、くるくると宙返りして、もとの座に膝をついた。

「……失礼いたしました、五大師様」

しかし白い歯は牙のようにむき出されたままで、絞り出した声は猛獣の唸り声そのものだった。

「だけどこのいんちき野郎が、せっかくあたしがお迎えしてきたヨナ博士を横取りしやがったもんで、ちょいと腹に据えかねちまったんですよ」

（ヨナ博士！　ヨナと言ったか？）

ブランはあらためて後から現れた男を見やり、ふたたびぎょっとした。

先に出てきた矮人のおぞましい見かけに比べれば、確かに、少しはまともな姿に見えた。学者風の整った顔立ちに、キタイ風の貴族の古風な装いをし、額に金属の輪をはめて黒い髪をおさえているところはごく普通だったが、異様なのは、その下だった。

男には、目がなかった。目があるべきところにはぽっかりと開いた二つの眼窩が黒々と口をあけているだけで、あるべき眼球は、えぐりとられたように消え失せていた。

さらに異様さを高めているのは、額の真ん中にある一個の眼球だった。

それは肉ではなかった——石だった。稚拙な手法で虹彩と瞳孔が刻み込まれ、彩色されたただの石。

しかし、それは動いた。ジャミーラが山猫のように唸っているのを面白そうに眺め、這いつくばるイグ＝ソッグの巨体に視線を移すのと同期して、それは生きているようにきょろりと動き、えぐり取られた目の代わりに、持ち主に完璧な視力をもたらしているらしかった。

（石の目のルールバ、そして矮人エイラハ、か）

イェライシャの告げた、竜王に取り込まれたという異国の魔術師の名をブランは思い出した。この二人の男がそれぞれ、エイラハとルールバに違いない。タミヤがジャミーラとなったごとく、竜王の手駒となった今は別の名前を名乗っているらしいが。

（老師――イェライシャ殿。そこにいるのか）

先ほどからずっと黙り込んでいるイェライシャがふと気になり、ブランは強く呼びかけてみた。

（魔道師どもが出てきたぞ。どうやらこいつらが、ヨナ殿とフロリー殿をさらった張本人らしい。なにか手がかりはつかめんのか？）

（少し静かにしてくれぬか）

返ってきた魔道師の声はこの老人にはめずらしく、わずかな焦りと緊張がにじんでいた。

（この地に満ちる魔力は極めてすさまじい。このわれでさえ、いささか気圧されるほどの圧力よ。これに気づかれぬように動くには、巨象どころか、山脈ひとつを丸ごと針穴に通すほどの注意がいる。しかし、ルールバとエイラハが出てきたのはありがたい。きゃつらにヨナ博士とフロリー殿の気が、わずかながらまつわっておるのが感じられる）

（ではそれを追えば、彼らの居場所を探り当てられる、ということか）

ブランは勢い込んだ。

(できるかもしれぬし、できないかもしれぬ)

イェライシャの答えはあくまで慎重だった。

(しかし、やってはみるつもりよ。さあ、しばしわれを集中させてくれ、ドライドンの騎士。ここからは魔道師のやり方があるでな)

それきりまたイェライシャは沈黙した。致し方なく、ブランはまたイグ＝ソッグの不格好な身体に注意を戻し、下げた頭の下から一つ目だけを動かしてあたりを窺うことに専念した。

「だいたい、なんの権利があってあんたがヨナ・ハンゼを横取りするのさ？」

合成生命の中で繰り広げられている会話にも気づかず、ジャミーラがベイラーことルールバに詰め寄っている。

「夜中にわざわざ出て行って、あの坊やを捕まえたのはこのあたしの働きなんだからね。邪魔者の草原の民まで掃除してさ、働いたのは全部あたしだってのに、なんであんたがその坊やをもってくのさ？　筋からいってもあの可愛い坊やは、あたしんとこで丁重にもてなすべきじゃないさ」

「それ、その『丁重にもてなす』のが心配でな、ジャミーラよ」

ベイラーは石の目をまたたかせ、何気なさそうに言ったが、ゆがんだ口もとには優越感と嘲弄の色があった。

「おぬしはどうも、〈ミロクの聖姫〉としてはいささか奔放すぎるところがある。むろん、ミロク様のご命令に従ってはおるのだろうが、不注意な使徒や、〈ミロクの騎士〉をつまみ食いしては、食いあきたものを、そこに控えおる獣に投げ与えておったとか」

仲間を非難するのはいかにも不本意だと言いたげにベイラーは顎を撫でた。イラーグことエイラハが、ひきつるような耳障りな笑い声をたてた。

「そ、それが、どうしたっていうのさ」

ジャミーラは一瞬顔をひきつらせたが、開き直ったように胸を張って腕を組んだ。

「あたしは〈ミロクの聖姫〉だよ。あたしに相手を命じられるなんて、そりゃ最高の功徳じゃないか。『園』で勤行なさっている方々だって、ジャミーラの手伝いを所望なさるくらいさ。下っ端の信徒が〈ミロクの聖姫〉の祝福を受けて昇天するなんて、これ以上はない幸せだよ」

「ランダーギアの売女にも、それなりの理屈をたてる頭はできたようだ」

「今、なんとお言いだい、イラーグ」

薄い唇をほとんど動かさずに呟いたイラーグの言葉を、ジャミーラは聞き逃さなかった。太い眉が逆立ち、長い髪が蛇のようにくねり始める。

「ランダーギアの売女……ああ、そうさ、以前のあたしはそうだったさ、確かにね。けど、あたしは今は聖なるミロク様にお仕えする〈ミロクの聖姫〉なんだ、あんたももうちょっと口の利き方をわきまえるんだね、矮人。あんただって〈ミロクの使徒〉じゃなかったら、今ごろ、お仲間のいやったらしい蚯蚓《みみず》やなめくじといっしょに、見苦しいキャナリスのどぶ泥の中を這いずってたに違いないんだからね」

「とにかく五大師方が、われの心配を言上《ごんじょう》したところ、お聞き入れになったのだ」

ベイラーが気取ったようすでちょっと胸を張った。

「ヨナ博士は若く、まことに愛らしい。あの若者に、おまえが万一食指を動かしでもしたら、若者の身にはいささかきついことになるのではと申し上げたところ、大師方は了解され、あの若者をわれの手もとに置くことを承諾なされたのだ」

「恥知らずの石っころ野郎、そいつがあたしの手柄を横取りした理屈ってやつかい？」

食いつくようにジャミーラは一歩足を踏み出した。ざわざわと動き出した髪はいつの間にか床近くにまで達し、生きた瀝青《タール》であるかのように、うねくりつつあたりに広がろうとしている。

「なめるんじゃないよ、あたしだって、守るべき礼儀くらいはちゃんと心得てるのさ。ヨナ博士にだってちゃんとふさわしいご挨拶はしたし、こっちでだって心地よくくつろいでもらおうと、いろいろ心尽くしをしてたんだ。だのに、そいつをあんたが全部無駄にした。その薄汚い手を横から突き出してきてね」

指を突き出すと同時に、床に広がった髪の一部がどっと波だってベイラーに襲いかかった。ベイラーは石の目をまばたき、ふっと息を吹いた。うねくる瀝青の渦は見えない壁に跳ね返され、その場でのたうった。

「礼儀を知っているというなら、ここがどこであるかも考えたらどうかな、ジャミーラ」

ベイラーはおもしろがっているような口調でさとした。

「聖なる五大師様の謁見の間で、おまえは騒ぎを起こそうというのか？　聖なる方々に見苦しいものをお見せするのは〈使徒〉の役割ではないぞ」

「こすっからい手であたしの手柄を横取りしたやつが、何を抜かしやがるんだい。おお、ウォン・タン様、ワン・イー様、ファン・リン様、聖なる五大師様方」

吐き捨てて、ジャミーラは一転してしおらしい姿で三人の聖者の前にぬかずいた。

「このあたくしの訴えをお聞きくださいまし。こいつ、このベイラーめは、舌先三寸であたくしの苦労の果実を奪い取って、うまいことやらかそうとしているいやな奴なんです。〈ミロクの使徒〉の風上にもおけません。あたくしの訴えをお聞きになって、ヨナ博士をあたくしの手にもどし、このジャミーラのもてなしを受けさせてくださいまし。きっとご満足なすって、ミロク様のみ教えに従うようになさいますから」

「はて、密林の神殿娼婦の手管程度で、あの怜悧な若者が納得するかな」

「お黙り、矮人」

あざ笑ったイラーグをきっと睨みつけて、ジャミーラはまた五大師に向かい、哀願するように両手をかかげて平伏した。

「このイグ＝ソッグも、あたくしの言うことをなんでも聞くと申しております。確かに見かけはいささか悪うございますが、あちらのイラーグの奴が操っておりますす汚らしい堆肥の山よりは、ずうっとましでございます。

どうぞこいつらが手もとにおいている二人を、あたくしの手に任せてくださいませ。ヨナ博士も、またイシュトヴァーンの息子の母親とやらも、女のあたくしにでしたら、もっと気を許していろいろ話すことでございましょう。そこの、人工生命《ホムンクルス》よりもっと不細工な、うじ虫にも劣る矮人なんかの手においておくより、ずっとようございますよ」

「どさくさにまぎれてようも抜かしたな、売女」

イラーグこと矮人エイラハが、怒りに黄色い目を燃やして進み出た。

「さんざん手柄について何かしゃべくっていたようだが、貴様こそ、われの手柄をぬけぬけと横取りしようとはよう言えた。あのフロリーとやらいう娘はまちがいなくわれがババヤガに命じてとらえさせたもの、さんざん人のことをそしっておきながら、その同じ舌で人のものをさらっていこうとは、さすがに厚顔無恥な蛙巫女よの」

「とらえさせたとはなんだい。あの堆肥袋ときたらてんで能なしで、目当ての子供じゃなくって、間違えてその母親をつかまえてきたじゃないのさ。間抜けったらありゃしない」

　ジャミーラは冷笑した。

「それもこれも、あんたが間抜けだからさ、イラーグ。使われる奴が間抜けなら、使う奴はもっと間抜けさね。それに、あんたのその立派な御面相を見れば、娘っこなんざ震え上がって、ものも言えないに決まってるじゃないか。女は女同士、しっぽりと落ち着いて話をすれば、わかってくることもあるのさね。あたしがちゃんと言ってきかせて、肝心の息子もしっかりこっちへ連れてくるよう段々に説きつけてやるから、だからこっちへ寄越しなってんだよ、矮人」

「ええい、言わせておけば、好き勝手なことを」

　短い足でじだんだを踏み、矮人は、思い出したようにベイラーの方に頭をねじ向けて、

「ベイラー！　おぬしもおぬしだ、われがせっかく娘のために用意しようとしていた室を、横から取り上げおって」と憎々しげにわめいた。

「あのような弱々しげな娘に、あんな見苦しい地下室などあてがえば余計に話がややこしくなるのは目に見えていように、以前からおぬしは自分のことしか考えぬ、思い上がりも甚だしい男であったが、ミロク様の教えに浴した今でも、その癖は治っておらんようだな」

「何をいう、イラーグ、おまえまで」

二方向から矛先を向けられてベイラーは多少たじろいだようだったが、すぐに悠揚迫らざる態度をとりもどし、

「あの小娘と、パロに名高い要人のヨナ・ハンゼ、どちらを重くもてなすべきかくらい、おまえの泥しか詰まっておらぬ脳味噌にも理解できよう。もともと、おまえがきちんとゴーラ王の息子をとらえてこなんだのだから、より重要な人物のほうによい部屋をあてがうのは当然であろうが」

「ええい、もっともらしゅうしたり顔をしおって、〈闇の司祭〉のできそこないの弟子め」

イラーグは二つの瘤をならべたような手を曲げて脅すようにかかげた。

「その石の目玉をえぐり出して叩き割ってくれようか。できぬと思うなよ——あのサイロンでの夜、首をなくしてさまようておった貴様の醜態は、今でも忘れてはおらんからな」

「やってみるがいい、キャナリスの豚めが」石の目がぎらりと赤く光った。「本来の習性にふさわしゅう、きいきい鳴いて腐った蕪《かぶ》を喰らうことしかできぬようにしてくれる」

「ちょいと、二人とも、あたしのことをお忘れかい」

ジャミーラの髪はずるずるとほどけて床を這い、腰布とほぼ一体化して、うねくる黒

い軟体動物のようにあたり一面を真っ黒く覆っていた。むき出した歯と白目が黒曜石に象眼された真珠母のようにぎらついた。

「あたしは、あたしがいちばんうまく運べることを、あんたたち間抜けな二人組に邪魔されたくないって言ってるんだよ！　さあ、阿呆ども、ミロク様の使徒なんてしょせんつとまりゃしないしょぼくれた愚か者ども、この〈ミロクの聖姫〉ジャミーラにすべてを任すんだよ！　そうすりゃなにもかもうまくいく、あんたたちみたいな股ぐらの腐った能なしは、さっさともとの巣穴に引っ込んで、ホータンなりキャナリスなり、どこでも好きなところで爪でもかじってなってこった！」

見えない稲妻が空中に張りつめているようだった。三人の聖者たちは声も出せないようすで法衣の中に縮こまり、手真似をしながらおろおろと低声で何かしゃべっているが、怒りに駆り立てられた魔術師たちの耳に届くものではなかった。

ジャミーラが両手をあげ、脅すように前へのばすと、周囲で波打つ瀝青の粘塊が同じく蛇が鎌首をもたげるように動いた。

ベイラーの石の目が、徐々に危険な赤い光をおびて瞬き始めた。

イラーグの穴にすぎない鼻孔が広がり、なにやら短い指を動かす端から、シーッという怒りに満ちた歯擦音が唇をもれた。

びりびりと肌を刺す魔力が、徐々に致命的な形を取り、それぞれの敵めがけて打ち出されようとする、その刹那――。

鼓膜を直接、撥《ばち》で殴られたようなすさまじい音がとどろいた。三人の魔術師たちはさっと怒りと魔力をひっこめ、向きを変えた。

謁見の間の奥、閉ざされた龕の扉の前に、金色燦爛《こんじきさんらん》とした衣に身を包んだ人物が立っていた。巨大な銅鑼《どら》を持った脇侍《きょうじ》が一礼し、そのまますするすると後ろ歩きに下がっていった。

この男もほかの僧と同じように、頭をきれいに剃りあげていた。色の生白い以外にどことい って特徴のない、平凡な顔で、僧というよりは、市場で野菜でも売っている方が似合っているように思えた。

ただその瞳だけがひどく黒く、深く、人を吸いこむような奇妙な熱狂に燃えていた。顔立ちにこれといって特徴のない分、どこか熱病に煽られたかのような狂熱を帯びた光のために、何よりもまず、その輝く両目に視線を吸い寄せられてしまうのだった。

頭の後ろに高く突き出た三角の襟が、その人物の背を本来よりずっと高く見せていた。金糸銀糸をふんだんに使った衣の上に、さらに黄金の板を重ねた胸飾をつけ、突き出た腹の上に、血のようにまっかなミロク十字のしるしを提げている。衣装が大きく、けばけばしすぎて、顔がどこにあるのか一目ではわからないくらいだった。

「おお、超越大師様！」

五大師の一人が叫んで椅子を飛び降り、ひざまづいた。

残りの二人もあわててそれに続き、額を打ちつけんばかりにその場にうずくまって、豪華な衣を引きずりながら床に這いつくばった。

「超越大師様！」

三人の魔術師たちも、いさかいのことなど忘れたようにひたと床に伏せて、口々に叫んでいた。

「大師様――超越大師、ヤロール様！　超越大師様！」

「みことばを得た」

金襴の衣の人物は朗々と告げた。空中にはまだあのすさまじい銅鑼の響きが鳴り渡っていて、彼の声もかきけされがちだった。

「今、こちらにミロク様が降臨なされる――なんじら心深き信徒たちに一目自分の姿を見せたいと、特別に短い時間のみ、真の降臨に先立って姿を現される。なんじら信心深きものよ、こころして聖者を拝め、世界をつぐべきまことの聖王なるおかたに拝礼せよ」

ひれ伏した者たちから泣くような声があがった。激しい感動と宗教的法悦がすでに煮えたぎりはじめていた。三人の大師たちは床に身を投げだし、懐から珊瑚をつづった数珠をとりだして、声高に経文を唱え始めた。

（おい、老師）

目立ってはならないと自分もあわてててひれ伏していたブランのイグ＝ソッグは、さすがに予想もしなかった事態に困惑した。

（老師、イェライシャ、なにやらおかしなことになったぞ。ミロクがここに降臨するのだとか言っている。おい、老師。聞こえているのか、おい）

（――よし。つかんだ）

返ってきたのは、いささか見当はずれなイェライシャの返事だった。

（つかんだぞ、ドライドンの騎士よ。あの魔術師どもがいまの銅鑼で気をそがれた瞬間、奴らからつながる気の糸が見えた。われはあの気を追って、ヨナ博士とフロリー殿を探す）

（な、なんだと）

あやうく口からそうもらしそうになって、イグ＝ソッグのブランは牙を噛み鳴らした。あわてて、

（それでは、俺はどうなるのだ。老師がその気とやらを追っていっても、俺のほうとも話ができるのか）

（いや、申し訳ないが、それはできぬ）

というのが無情な答えだった。

(言ったであろう、ここで中原の魔道師が動くのは、山脈を針穴に通すようなものだと。いまきゃつらは、あの扉と、扉のむこうにおるものに気を取られておる。この隙にわれはこの合成獣の身体を忍び出て、囚われびとたちへの道を探す。ブラン、ドライドンの騎士よ、おぬしはこのままここに残り、イグ＝ソッグとしてふるまい続けよ。われが首尾よくヨナ博士とフロリー殿を見つけたら、知らせる。それまではきゃつらに露見せぬよう、せいぜい、イグ＝ソッグの役割を果たしておってくれ)

(そ、そんな)

無茶な——と言いもはてず、ブランは、何か冷たい糸のようなものが、背筋からするりと抜け出ていくのを感じた。

それと同時に、知らず知らずに張り巡らされていた防護柵が消え、巨大で異質な人造生命の肉体の圧迫が、まともに四方から押し寄せてきた。

(イェライシャ！　老師、おい、待ってくれ、イェライシャよ！)

外見はぴくりともせぬまま、イグ＝ソッグの内面では、混乱しきったブランが、いきなり自分一人の才覚に任された魔術の産んだ肉襦袢《にくじゅばん》をまとわされ、その重みに呻吟《しんぎん》していた。

魔道の心得のないブランにとって、イェライシャの存在が、イグ＝ソッグという魔道の産物の重荷をどれだけ軽くしていたかを、身にしみて感じる羽目となった。しばらくじっとして、イェライシャのいない状態に慣れればまた動けるようになるとは思われたが、うっかりしたことを口にしたとき、ごまかし方を教えてくれる相手がいないことはなんとも心細い。

（ええい、恨むぞ。老師）

ヨナとフロリーを探すのが目的の潜入であるとはいえ、さすがのブランもそう愚痴らずにはいられなかった。そもそも、敵の中に一人、という状態が快いものではない。剣をとっての戦いで、ひとり敵中を突破したことなら何度もあるが、今周囲を囲んでいるのは、得体の知れない邪教と魔道であり、精神を包んでいるのは鎧ではなく、自然のものならぬ、醜い合成獣の肉なのだ。不安にならないほうがどうかしている。

そうするうちにも三人の僧のあげる経文は勢いを増し、室内の空気そのものが、あぶられるように熱く感じられてきた。

動けず、また動くことも許されず、イグ＝ソッグのブラン、ブランのイグ＝ソッグは、巨大な一つ目をまたたきもせずにじっと奥の龕に向けた。魔術師たちもまた、イグ＝ソッグと同じく、身を伏せながらも奥の龕の上を食いつくように見つめている。彼らの熱意と期待がいつのまにかブランにも伝染し、いつの間にか、自分もまた熱をこめて扉の向こうの何者かの到来を待ちわびていることにブランは気づいた。

（何があらわれるのだ――いったい、何が）

金襴の衣をまとった超越大師ヤロールが、重々しい足取りで脇により、衣ずれの音をさせながら膝をついて合掌した。

「至聖にして至高の智慧の王、救世主にして支配者、ミロク様、ご降臨」

厳粛なその声とともに、奥の龕の扉がかすかにきしみながら、ゆっくりと、外側へ開きはじめ——。

やがて、そこに現れたものを見た瞬間、ブランは、イグ＝ソッグの裂けた口から、抑えきれない唸り声をもらしていた。

あとがき

前巻（一三一巻）より、半年ばかりご無沙汰してしまいました。五代ゆうです。もうちょっと早く書けるものと見ていたら、昨年末から今年はじめにかけて公私いろいろとありまして、心身ともに体調の波に振り回されておりました。すみません修行がたりません。もっと丈夫になりたい。（切実）

さて、この巻は、正伝一三〇巻『見知らぬ明日』のラストシーン、暗い部屋の中に幽閉された状態で目を覚ますフロリー、その場面を引き継ぐかたちで開始されます。

この先に栗本先生がいかなる展開を用意されていたのかは永遠にわからなくなってしまいました。見知らぬ明日の「その先」を、私なりに考えて出したものが、この一冊です。そろそろキャラクターたちも、独自の路線に乗りだしたようです。

冒頭のエピグラムに一三〇巻からの引用を置いたのは、古典として伝わる正伝を、別の語り手が引き継いで語り継ぐ、という形をしっかり出しておきたかったからです。

この先もたぶん「栗本グインと違う！」という点は多々出てくる、というかもう増える、というほうが正確だろうと思いますが、そこは語り手が変わったことでご勘弁いただくとして、お楽しみいただければ幸いです。


一三一巻でたいへんなことになっているパロはひとまず置いといて（おいおい）今度はまたたいへんなことになっているヤガの話です。ブランくん苦労人の巻です。イェライシャ老師ひどい。

まあほかにも並行してリギアやカメロンなんかの話もしているわけですが、そろそろ自分の癖が出だしたなあ、としみじみ思うのは、スカールについてです。いやあまさかああなるとは。

以前から私の作品を読んでくださっている方はご存じかと思いますが、私はプロットが書けません。なんかそれらしいものをでっちあげたとしても、書き上げたら主人公の名前しか合っていなかったりします。（冒頭シーンくらいはなんとなく合ってないこともないけど）気がついたら私も知らないキャラがすごい重要そうなところにちょんと座っていたり、「えっなにそんなの聞いてない」という設定がずらずら出てきたりするのはざらです。最初モブのつもりだったキャラが実は重要人物だったりしてびっくりする（自分で）のもしょっちゅうです。

グインは複数体制ということもあり、比較的きっちり先にプロットを出してから書き始めるのですが、それでもプロット段階では、スカールのほうの展開はぜんぜん影も形もありませんでした。ああこれで追わなければならない話の筋が四つになってしまった……。

あと「モブが実は重要人物だった」はアッシャです。彼女、初登場は名もない宿屋の娘で、書いたときもそこだけで消えるものと思っていたらしっかり生き残り、この巻のキーをたたく指先で、「あたしはアッシャ」と名乗ったのちは、頑として居座るようすを見せました。どうやら主要人物に据えるほかなさそうです。（プロット時はいちおういましたが、違う名前でした。書いたらリギアが本名教えてくれたのでそれで決定）

私は書き直しをあまりしないほうで、ふだんの自分の作品も、グインもほぼ一発書きに近いです。（グインの場合設定の間違いなどはご指摘いただいて直しますが）「それでなんできちんと終わるんですか」とときどき作家仲間に言われたりするんですが、終わるもんは終わるので仕方ないです。だって現実の出来事だって収まるところに収まるしー。

というか、一行書いた先はその話によって自動的に決定されるので私の関与するところではございませんのです。ええわたくし一介の人間プリンターでございますから。どっかから勝手に送られてくるものを出力するだけでございますから。機能とパフォーマンスがよくないけど。バージョンアップしたい……。

次の巻は宵野ゆめさんのサイロン篇になります。

サイロンもあっちゃこっちゃいろいろたいへんになって、中原はこれからまた乱戦の時代に入っていきそうですが、試練を乗り越えてなんとか平和を手にする瞬間まで、そして『豹頭王の花嫁』へとたどりつくまで、なんとか宵野さんといっしょに、がんばっていきたいと思います。よろしくお願いいたします。

そして今回、思いきりご迷惑をおかけしました早川書房担当阿部様、すみません申し訳ありません……。（平謝り）次からはもうちょっといろんな部分の体力気力を鍛えたいと思います。

そして読者の皆様方、語り手が変わったグイン・サーガにまだなじめないとおっしゃる方も多いかと思いますが、全力をつくして進んでいきますので、これからも、どうぞよろしくお願いいたします。

著者略歴　1970年生まれ，作家
著書『パロの暗黒』（早川書房）『はじまりの骨の物語』『ゴールドベルク変奏曲』『〈骨牌使い〉の鏡』『パラケルススの娘』など。

HM=Hayakawa Mystery
SF=Science Fiction
JA=Japanese Author
NV=Novel
NF=Nonfiction
FT=Fantasy

グイン・サーガ⑬③

魔聖《ましょう》の迷宮《めいきゅう》

〈JA1162〉

二〇一四年　六　月二十五日　発行
二〇一四年十二月二十五日　三刷

（定価はカバーに表示してあります）

著者　五《ご》代《だい》ゆう
監修者　天狼《てんろう》プロダクション
発行者　早川　浩
発行所　株式会社　早川書房

郵便番号　一〇一 - 〇〇四六
東京都千代田区神田多町二ノ二
電話　〇三 - 三二五二 - 三一一一（大代表）
振替　〇〇一六〇 - 三 - 四七七九九
http://www.hayakawa-online.co.jp

乱丁・落丁本は小社制作部宛お送り下さい。
送料小社負担にてお取りかえいたします。

印刷・株式会社亨有堂印刷所　製本・大口製本印刷株式会社

ISBN978-4-15-031162-9 C0193